Das Logbuch

ist euer Hilfsmittel bei der Verbrecherjagd! Die Mitglieder der Pferdebande notieren hier alles, was ihnen im Verlauf der Ermittlungen wichtig erscheint.

Dein magisches Hufeisen

macht Verschlüsseltes sichtbar! Lege es auf die mit dem Hufeisen gekennzeichneten Stellen und drehe es so lange, bis du die darunter liegenden Buchstaben deutlich lesen kannst. So verrät es dir jeweils die Lösung auf die Fragen.

Karin Müller

Die Pferdebande
und das Versteck im Wald

Mit Illustrationen von Peter Klaucke

Lotta Roth

Schneider Buch

Karin Müller
wurde in Kitzingen am Main geboren. Sie studierte Angewandte Kulturwissenschaften an der Universität Lüneburg und arbeitete als Redakteurin für Zeitungen, Zeitschriften und Hörfunk. Die Pferdeleidenschaft der Autorin begann schon als Kind. Heute lebt Karin Müller mit ihrer Tochter Carlotta und ihren beiden Pferden, einem Trakehner und einer Araber-Lipizzaner-Stute sowie ihrer schwedischen Labrador-Collie-Hündin meist irgendwo zwischen Hannover und Schweden.

Peter Klaucke
wurde 1943 geboren. Er hat in Köln Kunst studiert und arbeitet seither als Illustrator. Sein künstlerisches Können und seine Vielseitigkeit hat er bereits in über hundert Büchern für Kinder, Jugendliche und Erwachsene unter Beweis gestellt. Peter Klaucke wohnt mit seiner Frau und Tochter und vielen Tieren in Frechen.

Inhalt

1. Besuch in der Jagdhütte

„Sieh mal, da steigt Rauch auf!“ Karolin wies mit der Gerte auf die Baumwipfel hinter der Lichtung.

Chris folgte ihrer Handbewegung mit den Augen. „Ich seh nichts.“

„Doch!“, beharrte Karolin und reckte sich. „Schau mal genau hin.“

„Wo soll der denn herkommen?“, murmelte Philipp schläfrig. Er hatte sich auf Lujahs breiten Rücken gelegt und sah in die Wolken.

Die drei Ponys der Pferdebande standen einträchtig nebeneinander und rupften saftiges Gras. Der Frühling war sehr warm gewesen, und auf den Weiden von Gut Hohenhain war das meiste Grün schon etwas vertrocknet. Doch hier auf der Lichtung im Reiherwald war es noch frisch. Selbst wenn in heißen Sommern sonst alles mit Dürre zu kämpfen hatte, blieb der Boden hier feucht und kühl.

„Tatsächlich. Jetzt seh ich's auch", stimmte Chris plötzlich zu. Eine feine weiße Rauchsäule kräuselte sich in den blauen Himmel. „Das kommt von der alten Jagdhütte."

„Aber die steht doch leer?", fuhr Philipp hoch. Durch seine plötzliche Bewegung erschreckte sich Lujah und machte einen Satz zur Seite. Philipp plumpste ins Moos. „Aua", brummte er und rieb sich den Po.

Der Haflinger guckte ihn mit großen Augen an und beschnüffelte vorsichtig Philipps Gesicht, ganz so, als wollte er fragen: „Was machst du denn auf einmal hier unten?"

Die Mädchen lachten.

Philipp schnitt eine Grimasse und stand auf.

„Jetzt mal Schluss mit lustig", forderte er knapp. „Los, lasst uns nachsehen, woher der Rauch kommt!" Damit reichte er den Mädchen ihre Reitkappen, die sie ins Gras gelegt hatten.

Kichernd lenkten Chris und Karolin ihre Ponys zu einem umgestürzten Baum und benutzten ihn als Aufsteighilfe. Sie ritten ohne Sattel und nur mit

Trense, aber die Reitkappen waren trotzdem Pflicht.

Als Karolin oben saß, hatte sie Mühe, Käffchen von dem leckeren Gras fortzuziehen. Aber als Lujah und Wildfang im Unterholz verschwanden, trabte die Stute doch eilig hinterher.

Die schlanke Rauchsäule schien wirklich aus Richtung der alten Jagdhütte zu kommen. In diesen Winkel des Waldes verirrte sich sonst kaum jemand. Seit dem letzten größeren Sturm waren die Wege dorthin weitgehend zugewachsen. Die Waldarbeiter fuhren mit ihren Maschinen einfach außen herum, um an bestimmte Stellen im Forst zu gelangen.

Direkt vor Wildfang lagen ein paar morsche Bäume so ineinander verkeilt über den Weg, dass ein Weiterreiten unmöglich wurde. Chris kniete sich auf ihr Pferd, um sich einen besseren Überblick zu verschaffen.

„Pass bloß auf!“, rief Karolin besorgt von hinten.

„Hier geht es!“, verkündete Chris grinsend und zeigte auf einen kleinen Durchlass neben einer gefällten Baumkrone. Das Gras war von zahlreichen kleinen Hufen platt gedrückt, aber noch immer hing ein großer Ast genau auf Reiterhöhe hinab und verhinderte, dass man zu Pferd über die abgebrochenen

Äste klettern konnte, so wie es offensichtlich das Rotwild tat.

„Das schaffen wir nie“, flüsterte Karolin zaghaft.

„Ach, papperlapapp“, widersprach Chris forsch. „Da haben wir schon ganz andere Hindernisse genommen! Los, kommt!“ Damit schwang sie sich von Wildfangs Rücken, stakste ohne zu zögern über die Äste und verschwand auf der anderen Seite. Wildfang blieb zunächst stehen und machte einen langen Hals, aber dann schritt sie mutig hinter Chris her.

„Na komm“, lockte Philipp und kletterte mit Lujah hinterher.

„Ich weiß nicht“, murmelte Karolin. „Muss das wirklich sein?“

Doch als die anderen beiden Ponys plötzlich nicht mehr zu sehen waren, spitzte ihre kremfarbene Stute irritiert die Ohren. Ehe Karolin sich versah, hing sie halb an Käffchens Zügeln, denn das Pferd hatte es sehr eilig, seinen Artgenossen zu folgen.

„Jetzt drängel nicht so“, schimpfte Karolin.

Aber das Pony überholte einfach und schubste Karolin unsanft zur Seite. Schimpfend ließ sie die Zügel los und stapfte hinter ihrem Pferd durch das dichte Zweigwerk.

Sie hörte Chris jubeln, und dann war sie endlich auch auf der anderen Seite. Dort konnte man die Hütte bereits sehen. Chris und Philipp hatten natürlich nicht gewartet, bis Karolin und Käffchen hinterherkamen. Jetzt trabten sie sogar an!

„He!“, beschwerte sich Karolin aufgebracht und stellte Käffchen eilig neben eine Baumwurzel, die ihr als Aufsteighilfe dienen sollte. „Wartet vielleicht mal jemand auf mich?“

Käffchen trat ungeduldig wiehernd auf der Stelle.

„Beeil dich!“, rief Philipp. Wenigstens er hatte sein Pferd gezügelt und wartete auf seine kleine Schwester, die jetzt endlich auf dem Pferderücken saß.

Mit wenigen Galoppsprüngen war Käffchen bei Lujah. „Was ist denn in Chris gefahren, dass sie es auf einmal so eilig hat?“, fragte Karolin atemlos.

Die Freundin hatte vor der Hütte angehalten und war vom Pferd gesprungen. Stürmisch begrüßte sie einen alten Mann mit Vollbart, der vor der Hütte auf einer grauen Holzbank saß und Pfeife rauchte.

„Onkel Lutz! Du bist wieder da!“, rief Chris und umarmte den Alten, der ächzend aufstand, als er das Kind erkannte.

„Onkel Lutz?“, raunte Philipp Karolin zu. „Wer soll das sein?“ Zögernd ritten die Geschwister näher.

Karolin zog die Stirn kraus. „Keine Ahnung. Mir hat sie auch nie was von einem Onkel Lutz erzählt.“

„Kommt her! Sagt Hallo zu Onkel Lutz!“, rief Chris aufgekratzt. Erstaunlich kräftig hatte der Alte das Mädchen hochgehoben und herumgewirbelt. „Meine beiden Wildfänge, was hab ich euch vermisst!“, lachte er und klopfte Chris' Stute den Hals.

„Hallo“, sagte Philipp ein wenig verwundert. Karolin nickte stumm.

Bei näherer Betrachtung war Onkel Lutz gar kein alter Mann, sondern nur ein etwas ungepflegter mit

Vollbart. Karolin rümpfte entsetzt die Nase, als sie den säuerlichen Schweiß roch und die schmutzigen Kleider sah.

„Bleibst du wieder den ganzen Sommer hier?", erkundigte sich Chris atemlos. „Hilfst du Papa und Mama bei der Heuernte? Und Onkel Paul hat bestimmt auch einen Berg Arbeit. Da muss Holz gespalten und Werkzeug repariert werden und ..."

„Willst du mir nicht erst mal deine Freunde vorstellen?", unterbrach Onkel Lutz sie lächelnd.

„Oh, ja klar, also, das sind Philipp und Karolin", erklärte Chris. „Kommt doch näher. Onkel Lutz beißt nicht."

Aber er stinkt, dachte Karolin und biss sich auf die Lippe.

Amüsiert folgte der Erwachsene ihrem Blick und zupfte an seinem befleckten Karohemd. „Entschuldigt meinen ungewaschenen Aufzug. Aber jemand hat das Wasser abgestellt." Er zeigte auf die alte Schwengelpumpe vor der Hütte. Der Pumpenschwengel war mit einem Vorhängeschloss gesichert. Und die ausgediente Badewanne, die vor der Pumpe stand, war leer und trocken. „Weißt du etwas darüber, Chris?"

Wildfang schnupperte enttäuscht an der Badewanne. Offensichtlich kannte sie die Wasserstelle von früheren Besuchen und hätte hier gern ihren Durst gestillt.

Chris runzelte die Stirn und schüttelte den Kopf. „Das könnte vielleicht der neue Jagdaufseher angebracht haben."

„Ein neuer Jagdaufseher?", erkundigte sich Karolin gespannt. „Davon weiß ich ja noch gar nichts."

„Na ja, eigentlich hat der Kerl nur eine ständige Jagderlaubnis. Der halbe Wald hier gehört doch dem alten Grafen. Die andere Hälfte ist staatlich und untersteht dem Forstamt. Aber Teile davon hat wiederum auch der alte Graf gepachtet."

„Ganz schön kompliziert", fand Philipp.

„Ist aber auch egal", meinte Chris. „Jedenfalls, seit der Graf so krank ist und fast nur noch in Florida lebt, kümmert er sich kaum noch um den Wald. Und sein Sohn, der von der Jagdbehörde als Aufseher eingesetzt worden ist, hat auch zu wenig Zeit und hat deshalb für seine Pacht einen Jäger angestellt, der in seinem Namen für Ordnung sorgen soll und ein paar Vollmachten hat, sagt mein Vater."

„Ich versteh nur Bahnhof", gab Karolin zu. „Was

heißt das alles – Jagdaufseher, Jagdpächter, Jagderlaubnis?“

„Da geht es um Geld und um Rechte und Pflichten“, erklärte Onkel Lutz. „Ein Jäger jagt. Ein Jagdaufseher und vor allem der Pächter müssen in ihrem Revier auch für Ordnung sorgen. Und ein Förster ist sogar Hilfsbeamter der Staatsanwaltschaft.“

„Das heißt, der kann Sie verhaften?“, fragte Philipp mit großen Augen.

„Wenn ich mir im Staatsforst etwas zu Schulden kommen lasse, dann ja“, grinste Onkel Lutz.

„Wie wollen Sie denn hier draußen duschen und Wäsche waschen?“, wechselte Karolin das Thema. „Hier gibt's doch keine Waschmaschine.“

„Und noch nicht mal heißes Wasser aus der Leitung“, bestätigte Onkel Lutz augenzwinkernd. „Ich mach das so wie die Leute früher, als es noch keinen Strom und so was alles gab. Mit einem Lagerfeuerchen erhitze ich Wasser in einem Bottich, dann bade ich darin, und anschließend wird die Wäsche drin gewaschen.“

„Puuhh“, rutschte es Karolin nun doch heraus. „Dann sollten Sie aber vielleicht im ersten Durchgang doch lieber zweimal Wasser kochen!“

Alle guckten. Karolin erschrak über sich selbst.

Aber Onkel Lutz brach in schallendes Gelächter aus. „Vielleicht hast du Recht!“, dröhnte er. „Erst die Wäsche waschen und dann drin baden bringt's ja auch nicht! Wenn ich nur erst mal Wasser hätte. Bei der Waldbrandgefahr ist es ganz schön fahrlässig, einfach das Wasser abzusperren, oder? Was ist das denn für ein seltsamer Jäger?“

„Einer, der für Recht und Ordnung sorgt“, ertönte da plötzlich eine fremde Stimme unmittelbar hinter ihnen.

„Das wilde Kampieren im Wald ist verboten“, schimpfte der Mann in waldgrüner Tracht weiter. Er trug Kniebundhosen mit Bommeln und ein kariertes Hemd. Darüber hatte er eine Weste mit tausend Taschen an, in die von Patronen über Kompass allerlei Krimskrams gestopft war. Über seiner Schulter hing ein Gewehr, und auf dem Kopf hatte er einen Hut mit Gämsbart. Er sah aus, als wäre er eben einem Katalog entstiegen. Karolin entdeckte ein kleines auf-

genähtes Alpenvereinswappen auf seiner Brusttasche. Es wirkte von weitem wie ein Sheriffstern. Sie verkniff sich ein Grinsen.

„Niemand kampiert hier wild", erwiderte Chris forsch. „Genau genommen befinden Sie sich hier sogar auf unserem Besitz. Dieses Waldstück samt Hütte gehört zu Gut Hohenhain. Mein Name ist Chris Mertens. Und Sie haben vergessen sich vorzustellen."

Der Jäger lief dunkelrot an, ballte die Fäuste und schnaufte empört.

„Ludwig Gerns, junge Dame. Und die Zuwegung gehört auch euch, nehme ich an, ja?"

„Nein", antwortete Chris wahrheitsgemäß. „Der Weg hierher gehört dem Grafen. Aber wir haben das Wegerecht. Und da dies hier unsere Hütte und Onkel Lutz unser Gast ist, bitte ich Sie, uns den Schlüssel für die Pumpe zu geben. Ich kann aber auch gern meinem Vater Bescheid sagen und ihn bitten, sich mit Ihnen in Verbindung zu setzen."

„Onkel Lutz", zischte Gerns abschätzig. Dabei wühlte er mit grimmigem Gesichtsausdruck in einer seiner vielen Westentaschen und warf Chris den Schlüssel zu, vorbei an Lutz, den er keines Blickes würdigte. Geschickt fing Chris ihn auf.

„Danke“, meinte sie knapp.

„Ich wollte lediglich Missbrauch verhüten helfen“, behauptete der Jäger. „Dieses Pilotprojekt, für das hier im Forst ein neues Reitwegenetz zur Probe eingerichtet wurde ...“ Gerns schüttelte den Kopf. „Ich kann mir nicht vorstellen, dass es der Natur sehr zuträglich ist, wenn alle Welt hierher geritten kommt und die Pferde tränken will. Aber bitte, der Graf hat seine Zustimmung gegeben.“ Er schwieg einen Moment und sah sich um. „Mal sehen, ob ich nicht eine Ricke vor die Flinte bekomme. Und mein Hund wartet im Wagen. Ich will ihn nicht zu lange allein lassen“, sagte er plötzlich, drehte sich um und ging.

„Komischer Vogel“, meinte Philipp, als der Jäger hinter der Wegbiegung verschwunden war.

„Dass du so mutig bist“, sagte Karolin bewundernd zu Chris.

„Das ging gerade noch mal gut“, stöhnte die Freundin. „Wenn der uns jetzt auf Flurregeln festgenagelt hätte, hätten wir ganz schön alt ausgesehen, aber so gut schien er sich nicht auszukennen.“

„Auch von den Jagdgepflogenheiten hat er keine Ahnung“, merkte Onkel Lutz an.

Philipp nickte. „Lange ist der noch nicht dabei.“

„Oder er ist einfach ein Angeber“, überlegte Chris.

„Wieso, was meint ihr?“, fragte Karolin verwundert und sah von einem zum andern.

Weißt du, warum Chris, Philipp und Lutz glauben, dass der neue Jäger wenig Ahnung von der Jagd hat?

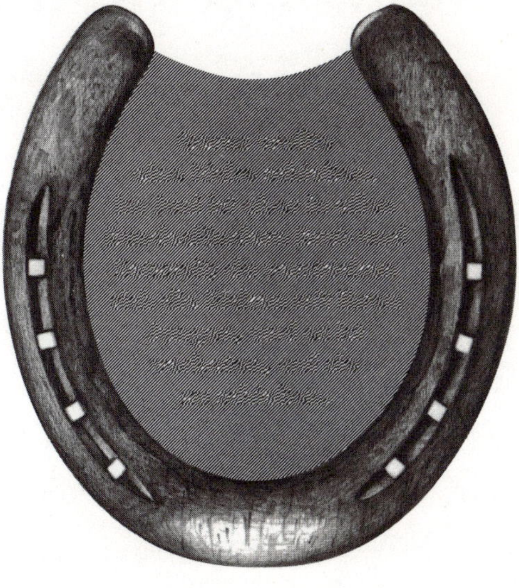

○○○○○○○○●○

2. Ein seltsames Geschenk

Logbucheintrag vom 3. Juni, 13.30 Uhr

Im Wald gibt es einen Neuen. Nein, nicht Onkel Lutz. Der ist auch wieder da, was ich klasse finde. Wir haben jetzt einen ziemlich nervigen Alpenvereinssheriff im Reiherforst: Ludwig Gerns. Und ich bin sicher, mit dem stimmt was nicht. So allmählich haben wir drei dafür nun wirklich einen Riecher. Erstens: Wieso macht er einfach ein Schloss an den Brunnen, aber nicht an die Hüttentür? Da drin kann man doch viel mehr Schindluder treiben. Und zweitens: Er wollte eine Ricke schießen, obwohl jeder weiß, dass das im Juni verboten ist! Schöner Jäger!
Tschüs und sicher bis bald!
Chris

Chris stellte das Logbuch behutsam zurück in die schmale Nische zwischen den Strohballen und ließ die Tischdecke darüber gleiten. Sorgfältig lehnte sie das Hufeisen vor die unsichtbare Lücke. Mit der Öffnung nach oben natürlich. Das bedeutete in der Geheimsprache der Pferdebande: Es steht eine neue Nachricht im Logbuch.

Das Logbuch war der Pferdebande oft ein unschätzbarer Helfer bei der Aufklärung ihrer Fälle. Hier trugen die drei alles ein, was ihnen verdächtig vorkam. Um später vergleichen zu können oder um die anderen zu informieren, wenn einer allein etwas herausgefunden hatte. Alles konnte wichtig sein.

Chris verließ das Geheimversteck auf allen vieren und stieß fast mit Mumpitz zusammen, der geduldig draußen gewartet hatte und ihr jetzt mit seiner langen Zunge eifrig durchs Gesicht schlabberte.

„Iiieeh! Lass das!", beschwerte sie sich und schob den Mischling weg. Das war gar nicht so einfach, denn der Durchgang zum Geheimversteck war eng. Die Kinder hatten dafür nur einen kleinen Spalt zwischen den aufgeschichteten Strohballen gelassen, die den hinteren Teil des Heubodens abschirmten und vor neugierigen Blicken verbargen. Endlich gelang es Chris aufzustehen. „Oh Mumpitz", keuchte sie und wischte sich die Strohhalme ab. „Jetzt bin ich nicht nur völlig durchgeschwitzt, sondern auch noch total eingestroht. Dein Glück, dass ich nur 'nen Badeanzug anhabe!"

Mumpitz hechelte.

„Na komm, lass uns duschen gehen", schlug Chris vor und stieg die schmale Treppe in den Stall hinunter. Mumpitz folgte ihr polternd.

„Zu schade, dass Karolin und Philipp zum Zahnarzt mussten", erzählte sie dem Hund auf dem Weg zum Pferdewaschplatz. „Jetzt verpassen sie das Beste!" Damit nahm sie die Sprühpistole, die an den Schlauch angeschlossen war, und drehte das Wasser auf. Ehe Mumpitz sich versah, war er von oben bis unten klatschnass. Kläffend versuchte er in den Wasserstrahl zu beißen, was ihm zwar nicht gelang, aber dafür sorgte, dass auch Chris nasse Beine bekam.

„Na, reicht's?", fragte sie nach einer Weile lachend und stellte das Wasser ab. Mumpitz bellte enttäuscht. Aber er hatte noch was in petto. Der Mischling stellte sich tropfnass neben sein Frauchen und schüttelte sich einmal kräftig.

Chris kreischte. Jetzt war sie auch von oben bis unten geduscht.

„Was ist denn hier los?“, erkundigte sich Schmidtchen und streckte seinen Kopf neugierig aus dem Küchenfenster des Hofcafés.

„Nix, der Sommer ist da!“, gluckste Chris. „Meinst du, das Wasser im Baggersee ist schon warm genug?“

„Noch vor Pfingsten?“, fragte Schmidtchen zurück. „Na, heiß genug ist es die letzten Tage ja gewesen. Probiert es doch einfach aus. Ihr habt ja Ferien.“

„Du sagst das so, als hättest du wahnsinnig viel Arbeit“, unkte Chris.

„Da kannst du sicher sein, min Deern! Lauf in den Wald und sag Lutz Bescheid, dass wir ihn morgen bei der Heuernte brauchen. Das Wetter soll vorläufig stabil bleiben, aber wer weiß, wann die ersten Gewitter kommen. Deine Mutter meinte, wir sollten zumindest mit dem Einbringen beginnen. Die zehn Morgen neben dem Rapsfeld mähen wir als Erstes. Da steht dieses Jahr so viel Hahnenfuß, dass man die Pferde dort eh kaum weiden lassen kann.“

Chris nickte. Schmidtchen war die rechte Hand ihrer Eltern und kannte sich bestens aus. Nicht nur mit Giftpflanzen wie Hahnenfuß, der erst in getrocknetem Zustand seine Wirkung verlor. Als ihre Eltern den Hof vor Jahren einer adeligen Familie abkauften, hatten sie Schmidtchen gleich mit übernommen. Er war unschlagbar im Kuchenbacken und Kochen – und ein Ass mit den Pferden. Der Stallmeister wusste einfach alles.

„Ich nehme Wildfang und Mumpitz mit“, rief Chris über die Schulter und rannte in den Stall zurück, um das Halfter ihrer Stute und ihre Reitkappe zu holen.

Zehn Minuten später erreichte sie die Jagdhütte, aber von Lutz war keine Spur zu entdecken. Mumpitz und Wildfang tranken dankbar das frische Wasser, das Chris ihnen in den Trog pumpte. Bei der

Erinnerung an den seltsamen Alpenvereins-Jäger und seine Wassersparmaßnahme schüttelte sie noch einmal den Kopf.

„Hallo? Niemand zu Hause?“, rief Chris und betrat die Hütte. Suchend sah sie sich um. Da war sie ja, die gute alte Tafel, und sogar ein Stück Kreide lag dabei. Chris kritzelte ihre Botschaft von der Heuernte auf den Schiefer und lehnte die Tafel neben den Rucksack von Onkel Lutz. Weit konnte er eigentlich nicht sein, wenn er seine komplette Habe hier gelassen hatte. Sogar sein Taschenmesser lag neben dem einfachen Feldbett auf einem Holzschemel. Chris wandte sich zum Gehen. Da fiel ihr Blick auf ein Holzkästchen mit Zigarren. Komisch, Onkel Lutz rauchte doch gar nicht. Sie schüttelte den Kopf. Wer weiß, was er in Wirklichkeit in dem Kästchen aufbewahrte, es mussten ja gar keine Zigarren sein …

Ein Schatten verdunkelte den Hütteneingang.

„Sind die von euch?“, fragte Onkel Lutz.

Chris fuhr zusammen. „Mann, hast du mich erschreckt! Hast du das Anschleichen bei den Indianern gelernt?“

Lutz grinste. „Nein, nicht direkt. Und so gut bin ich dann doch nicht. Dein Pferd und dein Hund haben mich schon von weitem kommen hören. Ich hab sie wieder mitgebracht. Ist dir doch recht, oder?"

„Mitgebracht?", wiederholte Chris begriffsstutzig.

„Du hättest sie vielleicht besser anbinden sollen. Wildfang hat sich grasenderweise langsam an die Jungpflanzung herangemacht. Da stehen am Rand auch ziemlich viel Farn und Sumpfschachtelhalm, und ich wusste nicht, ob dein Pferd so schlau ist, Giftpflanzen nicht anzurühren."

„Auweia." Chris schluckte. „Das hätte ins Auge gehen können. Selbst wenn sie nur der Förster in der Pflanzung gesehen hätte."

„Oder der eifrige Herr Möchtegern-Jagdaufseher", überlegte Lutz. „Na, keine Bange. Es ist ja nichts passiert. Ich hab sie rechtzeitig abgefangen."

„Wo warst du überhaupt?", wollte Chris wissen.

„Ich hab den edlen Spender ausfindig machen wollen, der mir die Zigarren hier in die Hütte gelegt hat. Ich war nur kurz auf dem Plumpsklo, und als ich wiederkomme, liegt die Schachtel hier. Aber weit und breit war niemand zu sehen außer Mumpitz und Wildfang. Und ihr wart es also nicht?"

Chris schüttelte den Kopf. „Nein, wir wissen ja, dass du nicht rauchst. Außerdem herrscht Waldbrandgefahr. Da verschenken meine Eltern bestimmt keine Zigarren."

„Und noch dazu, bevor ich etwas geleistet habe", sagte Lutz und grinste. „Wir kennen ja deine Mutter: Belohnungen gibt es erst nach der Arbeit. Und außerdem ist die Schachtel angebrochen. Das ist nun schon gar nicht der Stil von Gut Hohenhain."

Chris sah auf ihre Uhr. „Oh je, ich muss zurück", stellte sie fest. „Danke fürs Pferd-Festhalten."

„Danke fürs Nachrichten-Überbringen", verabschiedete sich Onkel Lutz.

Draußen knotete Chris den Halfterstrick vom Brunnen und stellte sich auf den Trog, um von dort auf Wildfangs Rücken zu gleiten. Dann schnalzte sie einmal, und gehorsam trabte Wildfang an. Mumpitz rannte fröhlich kläffend neben den beiden her.

Als sich auf dem breiten Sandweg ein Fahrzeug näherte, parierte Chris zum Schritt durch.

„Auch das noch, der Alpenverein", brummte sie leise, als sie den Fahrer erkannte, der bereits die quietschende Fensterscheibe herunterkurbelte.

„Hallo, Christina", begrüßte sie der Jäger. „Darf ich dich daran erinnern, dass Hunde während der Brut- und Setzzeit im Wald grundsätzlich an der

Leine zu führen sind? Ich habe das Recht zu schießen, wenn sich ein Hund außerhalb der Einwirkung seines Besitzers befindet."

Es lief Chris eiskalt den Rücken herunter, als sie den genüsslichen Ton hörte, in dem er das sagte.

„Mumpitz darf frei laufen", widersprach sie bemüht freundlich. „Wir haben eine entsprechende Berechtigung. Genau wie Sie für Ihren Hund." Sie nickte mit dem Kopf in Richtung der Rückbank des Pick-ups, in dem sich die Silhouette eines schlanken schwarzen Hundes abzeichnete. „Und schießen darf außerdem nur ein richtiger Jagdaufseher oder Pächter, wenn ein Hund wildern sollte, was Mumpitz niemals tun würde."

Drinnen jaulte es erbärmlich und kratzte an den Scheiben. Mumpitz schnüffelte und winselte leise.

„Behalt ihn bei dir, ist besser für euch", knurrte der Alpenvereinssheriff. Ohne ein weiteres Wort kurbelte er die Scheibe wieder hoch und fuhr davon.

Chris strich sich über die Gänsehaut auf ihrem Unterarm. „Irgendwas gefällt mir an dem ganz und gar nicht", murmelte sie und trieb Wildfang zu einem schnellen Galopp, um auf fröhlichere Gedanken zu kommen.

Kaum hatte sie ihre Stute zu Hause auf die Weide gebracht und das Wohnhaus ihrer Familie betreten, klingelte das Telefon.

„Hallo, Chris, hier ist Karolin“, meldete sich ihre Freundin. „Wir wollten fragen, wann wir morgen zum Reiten vorbeikommen sollen. Gibt deine Mutter uns Unterricht?“

„Eher nicht. Meine Eltern wollen die ersten Morgen Heu mähen. Habt ihr Lust, Ende der Woche beim Einbringen zu helfen? Und wie war's beim Zahnarzt?“, fragte Chris zurück.

„Ging so“, erklärte Karolin leichthin. „Übrigens, im Wartezimmer lag das Wochenblatt aus. Und rate mal, wer darin einen gepfefferten Leserbrief gegen das Reiterpilotprojekt verfasst hat?“

„Ludwig Gerns?“, platzte Chris heraus.

„Stimmt genau!“, sagte Karolin. „Der macht sich ganz schön beliebt hier in der Gegend. Hat von eingedrückten Wildzäunen und abgerissenen Hinweisschildern geschrieben und behauptet, dass sich das Wild gestört fühlt. Und an allem sind natürlich die Horden von Reitern schuld, die seit neuestem durch den Wald reiten und ihn verwüsten.“

„Ich finde ihn ausgesprochen seltsam“, gestand Chris. „Und er scheint sich auch schon nach uns erkundigt zu haben.“

„Tatsächlich? Wie kommst du darauf?“, fragte Karolin.

„Er hat mich Christina genannt. Das macht sonst keiner“, erklärte Chris.

„Wie geht denn das mit der Heuernte?“, schaltete sich ihr Bruder ein und wechselte damit das Thema. „Warum soll das so lange dauern?“

Karolin drückte am Telefon auf die Lautsprechertaste, sodass er Chris’ Antwort selbst hören konnte.

„Na, schließlich muss der ganze giftige Hahnenfuß per Hand rausgepflückt werden“, gluckste Chris.

„Oh Gott, nein. Das müssen wir nicht, oder?“, stöhnte Philipp.

Hast du aufmerksam gelesen? Kann man Heu mit der Giftpflanze Hahnenfuß verwenden oder nicht? Und warum dauert es tatsächlich ein paar Tage mit der Heuernte?

3. Unterwegs im Reiherwald

Es kam, wie Chris befürchtet hatte. Ihre Mutter hatte keine Zeit, den dreien eine Reitstunde zu geben. Das war die schlechte Nachricht, die Philipp und Karolin am nächsten Morgen auf Gut Hohenhain erwartete. Die gute war, dass sie wirklich erst in ein paar Tagen mitzuhelfen brauchten. Dann galt es, die frisch gepressten Ballen einzusammeln und auf den Heuboden zu stapeln. Eine staubige Angelegenheit, und allein der Gedanke daran reichte, um einen zum Schwitzen und Husten zu bringen. Aber Chris hatte genau die richtige Idee zum Abkühlen.

Die Kinder saßen bei einem Glas von Schmidtchens selbst zubereiteter Limonade in der Sattelkammer – dem kühlsten Ort des Gutes, abgesehen von der Kühlkammer vielleicht. Es war gerade mal zehn

Uhr, und das Thermometer stand draußen bei über fünfundzwanzig Grad im Schatten.

„Wie wär's?", fragte sie die Geschwister. „Habt ihr Lust auf ein kleines Bad mit den Pferden zusammen im Reihersee?"

„Ich dachte, die Wege dahin wären für Reiter gesperrt?", erkundigte sich Philipp neugierig.

„Normalerweise schon", gab ihm Chris Recht. „Aber ich habe mir gestern Abend mit Schmidtchen die Karte der Gemeinde zum Pilotprojekt angesehen, und wir haben festgestellt, dass neuerdings zwei Wege für uns erlaubt sind. Cool, oder?"

„Im wahrsten Sinn des Wortes", sagte Karolin und strahlte. „Hoffentlich dürfen wir auch in Zukunft immer und überall reiten."

Chris' Miene verfinsterte sich. „Das glaube ich eher nicht. Habt ihr heute früh mal in die Zeitung geschaut?" Sie angelte nach dem Lokalteil mit den örtlichen Meldungen, den sie hinter sich in einem Regal zwischen zwei Putzkisten deponiert hatte.

„Was denn?", fragte Karolin neugierig. „Autoschieberbande schlägt schon wieder zu?", las sie die Schlagzeile vor.

„Nein, hier unten", berichtigte Chris. „Da steht's.

Ich zitiere: Vandalismus oder wilde Reiter? Schadensmeldungen im Gebiet des Reitwegeprojektes häufen sich.

Das Pilotprojekt ‚Ausgewiesene Reitwege' ist von Mai bis Oktober angesetzt. Innerhalb dieses Zeitraums sind in einem abgesteckten Gebiet zur Probe weit mehr Wege als üblich für Reiter geöffnet. Die Gemeinde überwacht das Projekt und sammelt alle Schadensmeldungen zentral in einer eigens dafür eingerichteten Abteilung."

Philipp und Karolin steckten die Köpfe zusammen und überflogen den Text. Den ersten Projektmonat über war alles ruhig geblieben. Seit ein paar Tagen aber häuften sich die Meldungen über Beeinträchtigungen von Wild und Wald in dem Reitwegegebiet.

„Ich könnte wetten, dass unser Freund vom Alpenverein der beste Lieferant dieser Schadensmeldungen ist", unkte Philipp.

„Darauf kannst du wetten", brummte Chris.

Karolin nickte. „Aber was können wir da tun?"

„Sauber bleiben", meinte Chris. „Wir müssen uns einfach an die Flurregeln halten und extrem darauf achten, dass wir nichts kaputtmachen."

„Das ist kein Problem“, meinte Karolin. „Das tun wir ja eh.“

„Na, dann los“, schlug Chris vor. „Habt ihr Badesachen dabei?“

Karolin lüpfte ihr T-Shirt, unter dem sie bereits ihren Badeanzug trug. „Alles andere wäre eh zu warm“, meinte sie.

Philipp nahm noch einmal die Zeitung in die Hand. „Was war das denn mit den Autodieben?“, grübelte er. „Hat Papa nicht vor ein paar Tagen auch davon erzählt?“ Fragend sah er seine Schwester an.

„Kann schon sein“, meinte Karolin gleichgültig.

„Mich interessieren Hafermotoren aber viel mehr. Vor allem, wenn sie uns ans Wasser bringen."

„Genau, Autodiebe sind kein Fall für die Pferdebande", behauptete Chris.

Philipp nickte ergeben und legte die Zeitung beiseite. „Ist ja schon gut."

In Windeseile holten sie die Ponys von der Weide, putzten sie schnell und machten sich dann auf den Weg zum Badesee.

Unterwegs begegnete ihnen Lutz, der gerade zu Fuß zum Gut marschierte.

„Hallo, Lutz", begrüßten ihn die Kinder.

Aber Lutz hatte anscheinend schlechte Laune. „Morgen", brummte er missmutig.

„Was ist dir denn für eine Laus über die Leber gelaufen?", erkundigte sich Chris.

Lutz brummelte etwas Unverständliches, aber dann gab er doch Auskunft. „Jemand hat Anzeige gegen mich gestellt, wegen Landstreicherei." Er schnaufte empört.

„Waas?", platzten Philipp und Karolin gleichzeitig heraus.

„Aber du arbeitest doch bei uns, und einen festen Wohnsitz hast du auch", widersprach Chris.

„Das hab ich der Polizei auch gesagt. Trotzdem kein guter Morgen, wenn die Grünröcke einen mitten in der Nacht aus dem Bett holen. Ich mach die Augen auf und seh zwei Beamtenmützen vor mir, das ist vielleicht ein Schreck."

„Die sind mitten in der Nacht gekommen?", fragte Karolin ungläubig.

„Na ja, bestimmt noch vor neun", brummelte Lutz. „Jetzt wollen sie zu deinen Eltern. Also seh ich wohl besser zu, dass ich vor denen da bin."

„Willst du auf Wildfang rüberreiten?", schlug Chris vor.

„Bist du des Wahnsinns fette Beute, Mädchen?", fragte Lutz zurück. Freundlicher fügte er hinzu. „Ich setz mich mein Lebtag auf kein Pferd. Ich schau euch lieber von unten an." Er streichelte Wildfang sanft über die Nase. „So, jetzt muss ich aber. Viel Spaß noch, wir sehen uns."

Damit stapfte er weiter.

Die Kinder sahen ihm nach. Nachdenklich ritten sie weiter.

„Kann die Polizei ihn etwa wirklich einsperren?", fragte Karolin besorgt.

„Quatsch." Philipp schüttelte den Kopf. „Es ist genau, wie Chris sagt. Er hat eine feste Arbeit und eine Wohnung. Mich würde eher interessieren, wer ihn bei der Polizei angeschwärzt hat."

„Wer weiß denn überhaupt, wo er wohnt?", fragte Chris bitter zurück. „Außer uns und meiner Familie nur einer, richtig?"

„Der Alpenvereinssheriff", antworteten Philipp und Karolin wie aus einem Mund.

„Aber warum zeigt er Lutz an?", fragte Karolin.

„Den Grund kriegen wir schon raus", sagte Philipp finster. „Ich würde mal sagen, unser Hufeisen hängt schief, oder?"

Die Mädchen nickten. Das schiefe Hufeisen war der Geheimcode für etwas sehr Verdächtiges, das unbedingt ins Logbuch eingetragen werden musste.

Aber erst einmal war Schwimmen angesagt.

Philipp und Karolin hatten bis jetzt nur wenige Gelegenheiten gehabt, mit den Pferden zu baden. Es war ein Riesenspaß! Käffchen plantschte mit den Vorderhufen abwechselnd im flachen Wasser des kleinen Waldsees und stakste dann mutig weiter hinein. Wildfang folgte ihr. Lujah zierte sich erst ein wenig, aber als seine beiden Stuten mit den Mädchen ein paar Meter vom Ufer weg waren, trabte er eilig hinterher, dass es nur so spritzte. Philipp kicherte. Dann schmiss sich Käffchen ins Wasser und schwamm. Karolin konnte nur noch die Luft anhalten, als das Wasser um sie herum aufspritzte. Wildfang und Lujah schwammen der Stute hinterher. Die Kinder brauchten nichts weiter tun, als sich an der Mähne festzuhalten und tragen zu lassen. Es war ein unbeschreibliches Gefühl.

Als die Pferde wieder festen Boden unter den Hufen hatten, schüttelten sie sich kräftig. Die Kinder mussten sich gut festhalten, um dabei nicht heruntergerüttelt zu werden. Lachend und schwatzend machten sie sich anschließend auf den Heimweg. Die Sonne hatte sich hinter dunkle Wolken verzogen, aber es war immer noch warm.

„Das war irre. Lujah ist ein super Schwimmer", schwärmte Philipp.

„Ich wär fast runtergerutscht, als Käffchen sich am Ufer geschüttelt hat", gluckste Karolin. „Hast du das eigentlich auch geknipst?"

Chris nickte. „Habt ihr gesehen, wie Wildfang geschwommen ist?", fragte sie. „Wahnsinn, oder? Ich bin schon gespannt auf die Bilder!" Sie klopfte auf die Kleinbildkamera, die sie vorsorglich mitgenommen und sich umgehängt hatte. „He – was ist das?“, unterbrach sie sich plötzlich und hielt ihre Stute an.

„Was?“, fragte Philipp und folgte der Richtung von Chris’ ausgestrecktem Arm.

„Da hat jemand die ganzen frischen Triebe in der Schonung abgeknickt! Mumpitz, bleib hier!“, rief sie

den Hund zurück, der neugierig näher herangehen wollte. Gehorsam setzte er sich neben Wildfang auf den Reitweg.

„Und der Boden ist auch ganz zertrampelt. Seht

euch das an“, meinte Karolin, die mit Käffchen um ihn herumgeritten war, um besser sehen zu können. „Sauerei! Wer macht denn so was?“

Über ihnen donnerte es. Schwarze Wolken zogen sich zusammen und tauchten den Wald mit einem Mal in Dunkelheit. Ein paar Sekunden später blitzte es, und dann brach ein Gewitter los, das es in sich hatte. Nur die zuckenden Blitze erhellten für Sekundenbruchteile die Dunkelheit. Die Kinder ritten schnell unter ein paar dicht belaubte Bäume, um sich gegen die dicken Tropfen zu schützen. Die Ponys spitzten die Ohren und tänzelten ein wenig herum, blieben aber ansonsten ruhig.

Plötzlich rutschte Chris von Wildfangs Rücken und spurtete auf die andere Seite des Waldwegs zu der Jungpflanzung hinüber.

„Was hast du vor?“, rief Karolin. „Du wirst ja ganz nass!“

„Ich hab so ein Gefühl“, rief Chris gegen den prasselnden Regen an. „Wir haben noch zwei Fotos auf dem Film übrig.“ Sie kniete sich neben die jungen Laubbäumchen, die sämtlich ihre Triebe eingebüßt hatten. Lujah zuckte ein wenig zurück, als jetzt auch noch der Fotoapparat blitzte. Einmal, zweimal. „So,

das haben wir“, sagte Chris und richtete sich auf. „Film voll, Beweisaufnahme abgeschlossen.“

Wahre Sturzbäche begannen die Spuren auf dem aufgewühlten Waldboden unkenntlich zu machen. Chris rannte zu den anderen zurück.

„Hufabdrücke waren das bestimmt nicht“, sagte sie atemlos.

„Nein, aber es waren auch keine Fußspuren, wenn ich das richtig gesehen habe“, überlegte Philipp. „Es sei denn, jemand hat sich viel Mühe gegeben, sie zu verwischen. Was ist hier passiert, Chris?“

„Ich weiß es nicht“, gab die Freundin zu. „Wir

müssen abwarten und hoffen, dass die Bilder was geworden sind. Am besten, wir zeigen sie dem Förster, bevor wieder das Gerede losgeht, dass die Reiter an allem schuld sind."

„Oder Onkel Lutz", fügte Philipp hinzu und zuckte zusammen, als es im nächsten Augenblick direkt über ihnen krachend donnerte.

Karolin schmiegte ihre Beine eng an Käffchens regenwarmes Fell. „Philipp und ich können den Film zum Entwickeln mitnehmen", bot sie an. „Bei uns um die Ecke ist ein Über-Nacht-Service."

„Gute Idee", meinte Chris. „Mumpitz", rief sie dann und drehte sich suchend nach dem Hund der Pferdebande um. Zitternd kam er unter einem Busch hervorgekrochen.

„Wo steckst du denn? Und warum zitterst du so?", fragte Chris besorgt.

„Vielleicht hat er sich vor dem Gewitter versteckt", überlegte Karolin.

„Glaub ich nicht", erwiderte Chris. „Er hat sonst nie Angst davor. Und wo ist dein Halstuch?"

„Oh nein, Chris. Das suchen wir jetzt nicht, oder? Ich bin ganz nass und mir wird kalt", bat Philipp.

„Schade ist es aber schon", meinte Chris. „Das

Tuch war so hübsch; rote Punkte und weiße Pferde am Saum." Sie schwang sich auf Wildfangs Rücken. „Na gut, dann lasst uns nach Hause reiten", meinte sie. „Das Gewitter ist ja weitergezogen."

Logbucheintrag vom 4. Juni, 13 Uhr 13

Hier passieren rätselhafte Dinge. Auf dem Heimweg vom Baden sind wir an einer völlig zerstörten Jungpflanzung vorbeigeritten. Da hat sich jemand ganz brutal an den Bäumen zu schaffen gemacht. Und außerdem hat ein Unbekannter Onkel Lutz bei der Polizei angezeigt. Ob es Ludwig Gerns war? Es scheint fast so, als ob dieser Alpenvereinssheriff niemanden in „seinem" Wald haben will. Das wäre vielleicht ein Motiv. Aber was steckt dahinter? Und wer hat Onkel Lutz die angebrochene Zigarrenkiste geschenkt? (Ich hätte fast vergessen, euch davon zu erzählen, Karolin und Philipp! Wie gut, dass ihr es hier nachlesen könnt!)
Ludwig Gerns ja wohl kaum, oder? Wenn aber außer Gerns und uns doch noch jemand weiß, dass Onkel Lutz da eingezogen ist, dann könnte derjenige auch die Anzeige gestellt haben. Aber wieso?

Es ist ein Rätsel! Zu allem Überfluss hat Mumpitz auch noch sein schönes Halstuch verloren. Blöd. Jetzt bin ich erst mal gespannt auf die Fotos.
Bis bald, Chris

Wenn du das Bild genau anschaust, siehst du schon vor der Pferdebande einen entscheidenden Hinweis, den Chris hoffentlich mitfotografiert hat!

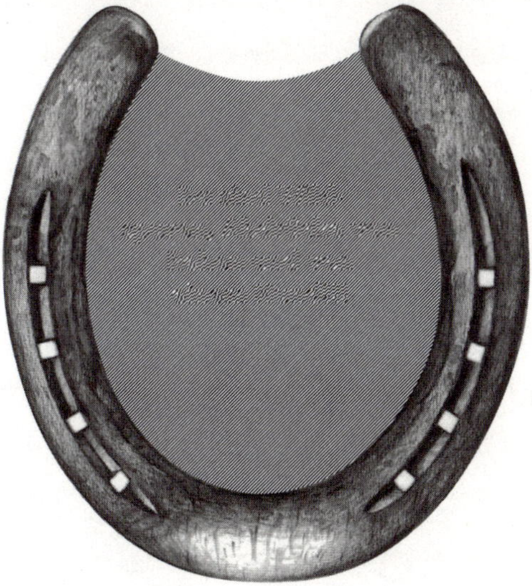

4. Ein böser Verdacht ○●○○○○○○○

Als Karolin und Philipp am nächsten Morgen mit ihren Rädern auf den Hof von Gut Hohenhain rollten, sahen sie einen grünen Geländewagen vor dem Wohnhaus parken.

„Gerns? Was macht der denn hier?“, fragte Philipp verwundert.

„Nein.“ Karolin schüttelte den Kopf. „Schau mal genau hin. Da ist ein Forstaufkleber mit dem Landeswappen im Heck. Das ist der Förster. Jäger haben so was nicht. Was will denn Herr Bracke hier?“

Sie lehnten die Räder an die Hauswand und klopften. Chris' Vater öffnete die Tür. „Kommt rein, ihr Verbrecher“, meinte er augenzwinkernd. „Wir sitzen in der Küche und führen ein ernstes Gespräch, das euch auch betrifft.“

„Gott sei Dank, dass ihr da seid!", rief Chris und sprang auf, als sie die beiden sah. „Habt ihr den Film? Die glauben mir nicht!"

„Beruhige dich doch, Chris. Das habe ich nicht gesagt, ich habe dir nur von den Spuren erzählt, die Gerns und ich heute Morgen in der Jungpflanzung gesehen haben. Wir waren zu Fuß auf der Pirsch und kamen zufällig daran vorbei."

„Zufällig, ha!", protestierte Chris.

„Ich hab ein Polaroid davon gemacht." Er schob es den Geschwistern rüber. „Hier, damit ihr auch wisst, wovon wir sprechen. Es ist mir sehr unangenehm, euch in dieser Sache befragen zu müssen. Ihr wisst, dass ich eine hohe Meinung von euch habe – und auch von Herrn Lutz Wegener. Aber bei all den rätselhaften Vorkommnissen in letzter Zeit muss ich jedem Hinweis nachgehen."

Schweigend sahen die Geschwister auf das Sofortbild, das Herr Bracke mitgebracht hatte. Genau wie die Kinder am Tag zuvor hatte er vom Wegesrand aus fotografiert, um nicht noch mehr zu zerstören.

Auf dem Foto waren eindeutig Hufabdrücke, Fußspuren und Hundepfoten zu sehen – und ein Zigarrenstummel.

„Es sieht ganz nach Vandalismus aus. Wie Chris mir erzählt hat, habt ihr schon gestern Abend von dem Waldschaden gewusst, ihn aber nicht gemeldet. Warum? Und wie soll ich mir die Hufabdrücke in diesem Zusammenhang erklären?"

Erwartungsvoll sah der Förster Chris, Karolin und Philipp an.

„Kinder! Wir wissen, dass ihr Onkel Lutz sehr mögt. Wir haben ihn auch gern, und es will nicht in meinen Kopf, dass er irgendeinen Schaden anrichten könnte. Aber sollte dem doch so sein und ihr wisst davon, dann macht ihr euch mitschuldig. Bitte, sagt die Wahrheit", bat Chris' Mutter.

Chris platzte empört heraus: „Lutz macht so was nicht. Warum auch? Und er raucht noch nicht mal. Das weißt du ganz genau."

„Eine angebrochene Zigarrenkiste, die mit dieser Marke übereinstimmt, haben wir aber in seiner Hütte gefunden", gab der Forstbeamte zu bedenken.

„Wir haben nichts damit zu tun. Und Lutz auch nicht. Karolin, Philipp, bitte. Habt ihr die Fotos?"

„Ja, klar", sagte Karolin geplättet und griff in ihren Rucksack. Nervös suchte sie zwischen den Bildern von den badenden Pferden. „Hier!", sagte sie schließlich und legte die beiden Fotos neben das Sofortbild auf den Tisch.

„Endlich“, sagte Chris und beugte sich gespannt nach vorn. Alle betrachteten die Bilder.

„Na bitte“, triumphierte sie und lehnte sich zurück. Ihr Vater sah sie kopfschüttelnd an.

„Hmm“, machte Herr Bracke nach einer Weile. „Und wie sollen uns die Bilder jetzt weiterhelfen?“

„Na, schauen Sie doch mal genau hin und vergleichen Sie“, sagte Philipp ungeduldig. „Auf unseren Fotos sehen Sie doch nur Wild- und Hundespuren, dazu den Regen. Und dass die Pflanzung da schon zerstört war, richtig? Und hier, auf Ihrem Bild von heute früh sind ganz deutliche Fußabdrücke zu sehen. Wieso sind die nicht weggewaschen worden? Genauso die Hufspuren. Und den Zigarrenstummel würde man auf unserem Bild auch sehen, wenn er schon dort gewesen wäre. Hier. Wir haben auch eine Detailaufnahme von den Spuren gemacht. Es ist fast derselbe Bildausschnitt!

Der Förster schwieg.

„Ich glaube, dass dieser Gerns uns irgendwie aus dem Wald haben will. Und Lutz ist ihm auch ein Dorn im Auge", machte sich Chris Luft.

Karolin und Philipp nickten zustimmend.

Herr Bracke runzelte die Stirn. „Vorsicht mit Behauptungen, die wir nicht beweisen können", mahnte der Förster. Er stand auf. „Tja. Fürs Erste kann ich mich nur bei euch entschuldigen. Es tut mir Leid, dass ich euch zu Unrecht verdächtigt habe", sagte er. „Herr Gerns war so selbstsicher mit seinen Beweisen, dass ich nicht nachgedacht habe." Er warf sein Polaroidfoto auf den Tisch.

„Brauchen Sie das noch?", fragte Karolin gleich.

Herr Bracke zuckte mit den Schultern. „Nein."

Karolin griff nach dem Bild. „Ich würde es gern behalten."

„Wozu brauchst du das denn?", erkundigte sich Chris' Mutter.

„Nur so." Karolin lief rot an. „Wo ist Lutz überhaupt?", fragte sie schnell, um das Thema zu wechseln. „Müsste er nicht auch hier sein?"

„Er ist mit Schmidtchen die Zäune reparieren", erklärte Herr Mertens. „Er hat von der ganzen Aufregung noch nichts mitbekommen."

„Wenn es nach mir geht, braucht er das auch gar nicht", meinte der Förster. „Ich muss halt jedem Hinweis nachgehen. In letzter Zeit passiert sehr viel. Heute Morgen war ein Hochsitz umgeworfen und die Leiter zerstört. Irgendjemand scheint mitten im Wald ein Lagerfeuer gemacht zu haben. Und das bei der Trockenheit. Eine Schande ist das. Na ja, wenn euch was Ungewöhnliches auffällt, sagt bitte sofort Bescheid … Gerns hat mich förmlich in die Hütte gezerrt", entschuldigte er sich noch einmal.

„Das kann ich mir bildlich vorstellen", platzte Philipp heraus.

„Den sollten Sie mal genauer unter die Lupe nehmen", meinte Chris. „Läuft in der Schonzeit mit dem Gewehr rum, will Ricken schießen und so was."

„Nun, Jungfüchse und Frischlinge sind das ganze Jahr über zum Abschuss freigegeben", korrigierte Herr Bracke im Gehen. „Aus dem Besitz einer Jagdwaffe könnt ihr ihm keinen Strick drehen."

Chris presste die Lippen zusammen. Er wollte nicht verstehen!

„Hier will hoffentlich niemand einem anderen einen Strick drehen", beschwichtigte ihre Mutter und begleitete den Forstbeamten zur Tür. „Schönen Tag noch!"

Als sie die Tür hinter dem Besucher geschlossen hatte, drehte sie sich zu den Kindern um. „Na? Gehen wieder mal die Verbrecherfantasien mit euch durch?"

„Mama! Du kannst spotten, so viel du willst. Wir haben bisher immer richtig gelegen!", beschwerte sich Chris. „Wenn wir nicht gewesen wären, hätten die Satteldiebe damals Gut Hohenhain ungestraft ausgeräubert, nur als Beispiel!"

„Und wenn wir die Fotos nicht gemacht hätten, stünden wir jetzt ganz schön blöd da", unterstützte Philipp sie.

„Genau!", rief Karolin.

„Ist ja gut!" Ihre Mutter hob die Hände. „Kann ich euch mit einer Eisschokolade wieder versöhnen?"

„Jaaaa!", brüllte die Pferdebande. Mumpitz sprang um sie herum und kläffte begeistert mit.

Aber während sie auf der Bank vor dem Haus ihre

Schokolade schlürften und den Pferden beim Grasen zusahen, wurden sie wieder ernst und nachdenklich.

„Ich frag mich die ganze Zeit, warum Gerns – wenn er es denn war – uns diese Sache mit der Jungpflanzung anhängen will“, überlegte Chris, nachdem sie eine Weile schweigend mit dem Strohhalm im Glas gerührt hatte.

„Das hast du doch vorhin schon gesagt“, erinnerte sie Karolin. „Er will uns aus dem Wald haben.“

„Das ganze Reiterprojekt schmeckt ihm überhaupt nicht. Hier.“ Philipp kramte einen Zeitungsausschnitt aus seiner Tasche. „Den hätte ich in der ganzen Aufregung fast vergessen. In der Tageszeitung stand gestern ein Interview mit ihm. Er hat schon wieder auf die Reiter geschimpft; dass sie den Wald kaputtmachen, dass das Wild scheu wird und wie furchtbar es für die Natur ist, wenn die Pferde jetzt überall herumtrampeln dürfen. Ich wollte den Artikel ins Logbuch kleben, zusammen mit unseren Fotos.“

„Gute Idee“, meinte Chris. „Der Mann ist echt unglaublich. Was bildet der sich eigentlich ein? Dass die Welt untergeht, nur weil das Reitwegenetz ein bisschen besser wird?“

„Das Schlimme ist nur, dass ihm bestimmt viele Leute glauben“, seufzte Karolin.

„Ach, die Leute sind mir egal“, meinte Chris leichthin. „Ich will diesem Alpenvereinsfuzzy auf die Schliche kommen.“

„Legen wir uns auf die Lauer?“, fragte Philipp erwartungsvoll.

„Ich weiß nicht“, meinte Karolin unentschlossen. „Baden wäre bei der Hitze auch nicht schlecht. Aber umsehen sollten wir uns auf jeden Fall.“

„Wir können ja mit den Pferden wieder zum Reihersee. Und vorher reiten wir eine Runde durch den Wald. Auf den Projektwegen. Vielleicht haben wir Glück und sehen was Verdächtiges“, schlug Chris vor.

Während sie und Philipp die Pferde von der Weide holten, klebte Karolin nachdenklich den Artikel und die Fotos ins Logbuch ein.

Logbucheintrag vom 5. Juni, 10 Uhr 46

Hallo, liebes Logbuch!
Wir werden gleich im Wald ein bisschen nach dem Grund forschen, warum Gerns so grimmig darauf

aus ist, uns alle aus diesem Waldstück zu vertreiben. Dass er uns bei Herrn Bracke anschwärzt, ist echt die Krönung. Wie gut, dass wir unsere Fotos hatten.

Auf die linke Seite klebte sie die Fotos der Pferdebande. Darunter schrieb sie:

„Wildspuren, Pfotenabdrücke – sonst nichts."

Rechts daneben klebte sie das Polaroidbild von Herrn Bracke. „Hufabdrücke, Fußspuren, Pfotenabdrücke, ein Zigarrenstummel und …" – sie stutzte und sah noch einmal genau hin.

„Wie kann das denn sein? Das ist aber komisch“, murmelte sie und betrachtete noch einmal das Bild, das der Forstbeamte nach dem Regen gemacht hatte. „Das hätte uns doch auffallen müssen. An einigen Blättern klebt ja blaue Farbe! Als ob sie jemand abgestreift hätte. Und da sind auch …“ Sie schüttelte den Kopf. „Unglaublich!“ Sie schrieb weiter.

Gerns – oder wer auch immer – muss den Zigarrenstummel dort bewusst als falsche Spur ausgelegt haben. Ich vermute mal, das war der Grund, weswegen Onkel Lutz die Zigarren von einem „anonymen Spender“ geschenkt bekommen hat: Damit sie gegen ihn verwendet werden können. Wie sonst hätte Gerns wissen können, dass die Zigarren von Onkel Lutz sind, wenn er sie ihm nicht selbst untergeschoben hat? Ganz schön clever und gemein. Und auch die Abdrücke von uns und Mumpitz sind falsch. Mumpitz hat doch viel größere Pfoten. Und er war ja auch gar nicht so weit in der Pflanzung – genauso wenig wie die Pferde. Da war Gerns mit seinem Hund und hat die Zigarre deponiert! Das war wirklich raffiniert. Aber wir sind schlauer als du, Sheriff! Du hast nicht aufgepasst und hättest

besser auf deine eigenen Spuren achten sollen!
Karolin

Mit einem triumphierenden Grinsen klappte sie das Logbuch zu, versteckte es in dem Spalt und rannte nach draußen, um den anderen schnell ihre Entdeckung mitzuteilen.

Weißt du auch, warum Karolin so aufgeregt ist? Was hat sie auf dem Bild entdeckt, was den anderen bisher entgangen ist?

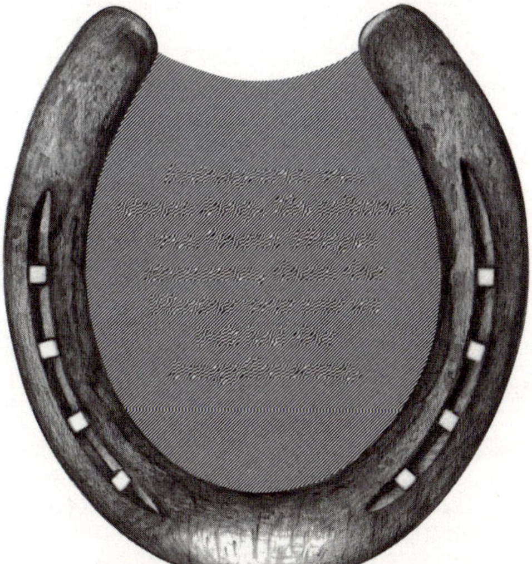

5. Das Geheimnis der Lichtung

„Das ist ja unglaublich“, empörte sich Philipp, während sie in den Wald ritten. „Gerns war also tatsächlich bei der Pflanzung und hat die Spuren gefälscht. Da hat er sich von irgendwo ein Pferd geliehen, um echtes Getrampel zu veranstalten, oder einen Spazierreiter unter irgendeinem Vorwand in die Jungpflanzung gelockt! Und dann vergisst er seine eigenen blöden Autospuren. Dumm gelaufen.“

„Allerdings“, pflichtete Chris ihm bei. „Ich frage mich nur, was diesem Kerl so wichtig ist.“

„Und was soll das für blaue Farbe sein, die du da gesehen hast?“, wendete Philipp sich an Karolin.

„Hast du vielleicht einen Lichtreflex oder einen Laborfehler verwechselt?“, fragte Chris.

Karolin schüttelte den Kopf. „Ein Polaroid kann

keine Laborfehler haben, und es war auch nichts auf dem Film. Die Farbe hing an den Blättern, als ob sie jemand an der Kleidung hatte und dort entlanggestreift ist“, beharrte sie. „Wir können aber gern noch mal hinreiten und nachsehen.“

„Nein, lass mal“, wehrte ihr Bruder ab. „Ich habe keine Lust, Gerns oder Bracke bei den Aufräumarbeiten in die Quere zu kommen. Es muss ganz schön viel Farbe gewesen sein, wenn die nicht gleich an der Kleidung festtrocknet“, überlegte er.

„Vielleicht ist es irgendeine Spezialfarbe, die einen bestimmten Untergrund braucht, um gut zu haften und zu trocknen?“, meinte Karolin.

„Oder jemand ist einfach zu blöd“, folgerte Chris.

Eine Weile ritten sie schweigend nebeneinander.

Das Geräusch einer Kettensäge zerriss die friedliche Sommerstille im Wald. Die Pferde stutzten einen Moment, dann gingen sie gehorsam weiter.

Plötzlich schlug Chris mit einem mächtigen Klatsch auf Käffchens Kruppe.

Die Stute machte einen entsetzten Satz nach vorn. Karolin quietschte und krallte sich an der Mähne fest, um ihr Gleichgewicht zu halten. „He, was soll das?“, schimpfte sie und drehte sich um.

Chris gluckste. „Tut mir Leid. Da war eine Bremse. Ich wollte Käffchen nur einen Gefallen tun."

Die Pferde schlugen in der Tat unruhig mit den Schweifen und schüttelten sich, um die lästigen Insekten abzuwehren. Auch Philipp rieb sich den Arm, wo ihn gerade eine Bremse gestochen hatte.

„Da ist ja ein ganzer Schwarm. Lasst uns bloß schnell hier wegtraben!", schlug Chris vor. Die anderen nickten, und noch bevor sie den Pferden eine Hilfe gegeben hatten, trabten die auch schon an. Sie galoppierten einen breiten Waldweg hinunter. An der nächsten Kreuzung gab Chris das Handzeichen zum Durchparieren.

„So, und wohin jetzt?", fragte sie.

„Keine Ahnung", gab Karolin zu.

Chris erklärte die Lage. „Zu den neuen Projektreitwegen geht es da lang." Sie zeigte nach links. „Aber hier geradeaus kommt man an einen kleinen Bach, den man durchreiten kann. Und zum Badesee geht es da rechts hinauf."

Karolin schüttelte den Kopf. „Nix Plantschen. Jetzt wird erst mal was getan. Wir sind ja nicht zum Spaß hier!"

„Och Mann", maulte Chris gespielt beleidigt,

lenkte Wildfang aber schon nach links in den „verbotenen Weg“. Das kleine Reitverbotsschild hatte die Forstbehörde mit einem Jutesack verhängt.

Unterwegs begegneten den dreien nur zwei anderen Reiter, sonst niemand. Höflich parierten sie jedes Mal zum Schritt und grüßten freundlich.

„Die liegen bestimmt alle im Freibad oder an den Baggerseen“, seufzte Chris.

„Wo bleibt denn dein detektivischer Ehrgeiz?“, stichelte Philipp. „Das kenn ich ja gar nicht von dir.“

„Genau. Du willst doch nicht ernsthaft den Pferderücken mit einem langweiligen Handtuch tauschen, noch dazu, wo wir gerade einer spannenden Sache auf der Spur sind, oder?“, schlug seine Schwester in dieselbe Bresche.

„Mit Pferd baden will ich“, maulte Chris leise und zog eine Schnute. Wildfang tat es ihr wie aufs Stichwort nach.

Die drei lachten.

„Hast du deine Stute zum Spürhund ausgebildet?“, fragte Philipp kichernd.

„Ich weiß nicht, warum sie flehmt“, antwortete Chris schulterzuckend. „Irgendwas muss sehr spannend riechen.“ Sie schnupperte. „Ich rieche nichts.“

Suchend sah sie sich um. Dann begann sie zu lachen. „Ja, ich habe wirklich ein Fährtenpferd. Du solltest als Wildschweinsucher Karriere machen“, lobte sie Wildfang und zeigte auf eine zerwühlte Stelle im Boden. „Wildschweinlosung. Und ordentlich gewälzt haben sich die Viecher auch, wie man sieht.“

„Na, Hauptsache, wir bekommen diese Schweinerei nicht auch wieder in die Schuhe geschoben“, stöhnte Philipp.

„Ich hab eher ein ganz anderes Problem“, sagte Karolin leise.

„Was denn?“, erkundigte sich Chris leichthin und tätschelte Wildfangs Hals.

„Frischlinge!“, flüsterte die Freundin und zeigte auf ein paar niedrige Büsche.

Tatsächlich, eine Gruppe von vier, fünf gestreiften Wildschweinferkeln stöberte dort mit lehmigen Nasen am Boden herum.

„Weg hier“, zischte Chris ebenso leise. „Da sind die Eltern nicht weit.“

Sie wendeten die Pferde und ritten den Weg zurück. Nach ein paar Metern trabte Chris an. Karolin folgte ihr dichtauf, Philipp und Lujah bildeten die Nachhut.

Hinter ihm knackte es im Unterholz.

„Sie kommen“, rief er nach vorn und trieb seinen Haflinger an. Lujah fand das Geräusch offenbar auch Angst einflößend und legte von sich aus einen Zahn zu.

Im Galopp preschten sie einen dicht bewachsenen Waldweg hinab. Sie mussten sich tief über die Pferdehälse beugen, um nicht von den herabhängenden Ästen getroffen zu werden. Endlich tauchte vor ihnen der breite Fahrweg auf. Sie zügelten die Pferde und bogen im Schritt in den Weg ein.

„Verschnaufpause“, forderte Karolin von hinten. „Haben wir sie abgehängt?“, fragte sie bang.

„Klar, schon lange.“ Chris nickte zuversichtlich.

„Zumindest die Bremsen sind wir los“, ächzte Philipp atemlos. Sie hielten einen Augenblick inne.

Da hörten sie plötzlich Motorbrummen und Zweige splittern.

„Wo kommt das denn her?“, wunderte sich Chris. Schnorchelnd wölbte Wildfang den Hals. Käffchen und Lujah rissen die Augen auf.

Ein Forstfahrzeug schoss direkt neben ihnen aus dem Dickicht und bog auf den Fahrweg ein, der normalerweise für Reiter gesperrt war. Am Steuer des Pick-ups saß – Gerns.

„Wer sonst“, zischte Chris aufgebracht. Sie hatte Mühe, Wildfang davon zu überzeugen, nicht auf der Stelle umzudrehen und zu der Wildschweinfamilie zurückzugaloppieren. Gerns gab Gas.

Unter einer schlecht festgezurrten Plane hatte er frisch geschlagenes Holz geladen. Seinem Gesichtsausdruck nach schien er nicht sehr erfreut zu sein, auf die Kinder zu treffen. Eilig und ohne zu grüßen fuhr er weiter.

„Oh“, machte Philipp. „Noch nicht mal Zeit mit uns zu meckern?“

„Ja, komisch, nicht wahr?“, stimmte Chris ihm zu. „Lasst uns doch mal da hinreiten, wo er gerade herkam.“

„Warte noch kurz“, hielt Karolin sie zurück. „Er

muss das ja nicht unbedingt mitkriegen, oder?"

Es schien wirklich so, als ob Gerns sein Tempo gedrosselt hätte und abwartete, ob die Kinder den Fahrweg wieder verlassen würden.

„Manchmal stellt er sich auch zu blöd an", meinte Chris und wendete Wildfang, um hinter dem Fahrzeug herzureiten. „Man sieht ja an den Rücklichtern, dass er auf der Bremse steht. Kommt mit. Zeigen wir ihm, was er sehen will." Einig folgten die Geschwister mit ihren Ponys den Spurrillen des Autos.

Erst als Gerns überzeugt zu sein schien, dass die Kinder ihm wirklich in Richtung Waldausgang folgten, verschwand er hinter der nächsten Kurve.

„Jetzt?", fragte Philipp und wollte umdrehen.

„Nein, warte", bestimmte Chris. „Da kommt noch eine Biegung, wo wir in seinem Rückspiegel auftauchen müssen, damit er keinen Verdacht schöpft."

Sie behielt Recht. Hinter der nächsten Kurve schien der Fahrer tatsächlich nur darauf zu warten, dass die Kinder wieder in seinem Blickfeld erschienen. Erst dann fuhr der Wagen wieder schneller.

Die Kinder trabten hinter dem Pick-up her, bis er erneut aus ihrem Sichtfeld verschwand.

„Jetzt", rief Chris und wendete Wildfang.

Im Galopp ritten sie in wenigen Minuten zurück zu der Stelle, wo ihnen das Auto begegnet war.

„Welcher von den Waldwegen war es denn jetzt?“, überlegte Karolin. Sie zählten fünf Pfade, die in einem Abstand von fünfzig Metern ins Dickicht führten.

„Unsere Spuren hören hier auf“, bemerkte Chris. „Die drei Wege hier vorn sind nur Holzrückwege, da kann kein normales Auto fahren, und wir dürfen da auch nicht reiten. Also muss es der sein.“ Sie zeigte auf ein paar beschädigte Äste, die traurig herabhingen, wo der Pick-up sie gestreift hatte. „Hier sind auch Reifenspuren“, stellte sie fest.

„Seht mal“, unterbrach Philipp verwundert. „Da sind ’ne ganze Menge Zweige abgeknickt.“

„Hier auch“, sagte Karolin und zeigte auf mehrere Pflanzen, die auf der anderen Seite des versteckten Weges die Köpfe hängen ließen.

„Das kann aber nicht das Auto gewesen sein“, meinte Chris.

„Die sind so gleichmäßig abgebrochen – das muss auf jeden Fall ein Mensch gewesen sein“, beharrte Karolin.

„Ich gehe jede Wette ein, dass es genau der Mensch war, der hier vor wenigen Minuten wie ein

Bekloppter mit seinem Pick-up an uns vorbeigebrettert ist", fügte Philipp triumphierend hinzu.

„Schöner Jäger", lästerte Chris. „Dann mal nichts wie hinein, Spuren suchen." Damit duckte sie sich auf den Hals ihrer Stute und trieb Wildfang unter den tief hängenden Ästen hindurch in den versteckten Pfad. Karolin und Philipp blieb nichts anderes übrig, als es ihr gleichzutun. Nach ein paar Metern begann Wildfang wieder zu flehmen.

„Was hat sie nur?", fragte Philipp. „Ob ihr vielleicht was wehtut?"

„Quatsch, sie schnüffelt mit ihrem Extra-Riechorgan, das ist alles", belehrte Karolin ihren Bruder.

„Guckt mal!", rief Chris von vorne. „Das hat Wildfang in der Nase gekitzelt: Hier hat Gerns anscheinend die Bäume gekappt. Mitten im Sommer. Seht mal, wie viel Harz da austritt."

„Die armen Bäume", meinte auch Karolin. „Aber wo sind die Baumspitzen?"

„Das waren bestimmt die Stämme im Pick-up von unserem Sheriff. Aber wozu macht er das?", grübelte Philipp.

„Und warum knickt er Zweige ab?", ergänzte Chris.

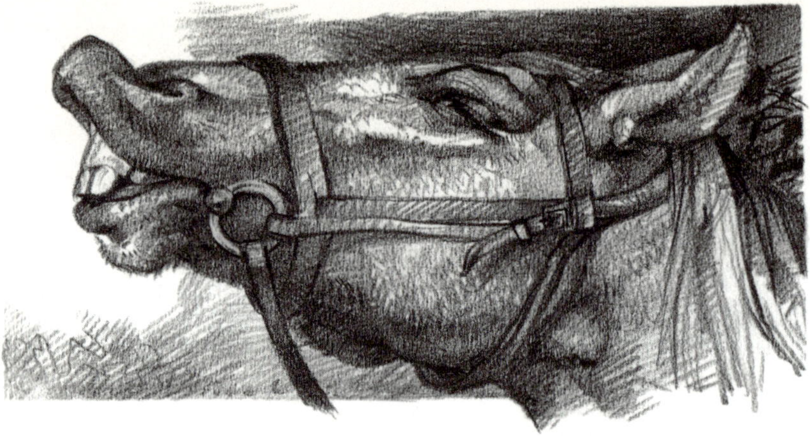

„Das ist leicht“, antwortete Karolin. „Damit markiert er den Weg, damit er ihn wiederfindet, schätze ich.“

„Und die Stämme?“, fragte Philipp.

„Da muss ich passen“, gab Karolin zu.

„Es sieht so aus, als wären sie ihm irgendwie im Weg gewesen. Normalerweise hört der Weg hier auf. Da ist nur ein Wildfutterplatz für den Winter, mehr nicht“, sagte Chris und zeigte auf zwei leere, überdachte Heuraufen.

Sie trieb Wildfang ein paar Meter weiter vorwärts.

„Das ist ja irre. Kommt mal!“, rief sie.

Philipp und Karolin ritten neugierig näher. Erst hier, direkt hinter den Heuraufen, wurde ein großes dunkelgrünes Zelt sichtbar. In sich zusammengesunken lag es im Moos. Seine Seitenwände waren offensichtlich von Baumstämmen gehalten worden.

Philipp sprang vom Pferd und kniete sich hin, um die Plane anzuheben. „Da drin hätte man bequem mit drei Pferden parken können“, raunte er.

Da entdeckte Chris etwas Glänzendes im hohen Gras. „Mist, seine Motorsäge und sein alberner Jodlerhut liegen noch hier. Dann kommt er bestimmt bald zurück“, rief sie. „Lasst uns schnell abhauen.“

„Ich möchte mal wieder einen ruhigen Ausritt machen“, brummelte Karolin, als die beiden Älteren wendeten und angaloppierten. „Ohne Wildschweine und Versteckspiele mit Gerns.“

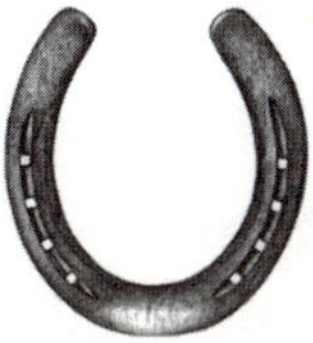

Pferde flehmen manchmal, wenn sie etwas Interessantes riechen.
Weißt du, wie das Riechorgan heißt, dass unter ihrer Oberlippe liegt?

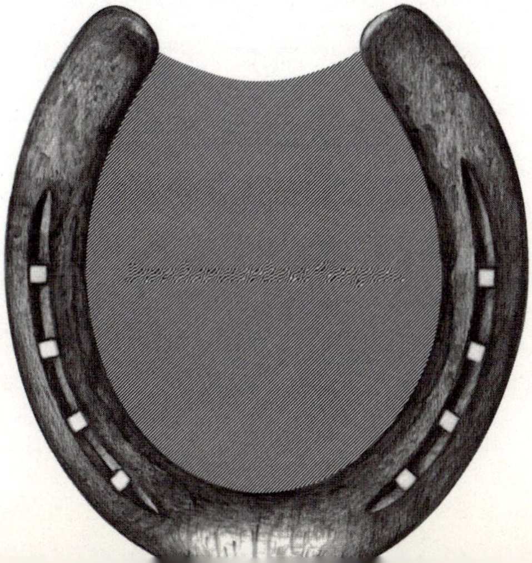

6. Auf der Lauer

○●○○○○○○○○○○○

Logbucheintrag vom 5. Juni, 14 Uhr

Liebes Logbuch,
wir sind etwas Großem auf der Spur. Das liegt eindeutig in der Luft. Gerns schlägt heimlich eine Schneise in den Wald. Wir haben abgeknickte Zweige gefunden, die einen Pfad markieren. Raffiniert! Weiter drinnen im Wald sägt er Bäume ab. Irgendjemand hatte dahinter ein riesiges, gut getarntes Zelt aufgestellt.
Gerns ist ein einziger Widerspruch: Ein illegales Zelt baut er ab und räumt auf – und gleichzeitig holzt er brutal Bäume ab. Was macht er da und zu welchem Zweck? Auf alle Fälle sieht es aus, als ob er Platz braucht. Viel Platz! Was hat unser Alpen-

vereinssheriff da vor? Will er einen geheimen Sektentreff veranstalten? Oder baut er eine Fallgrube? Wir haben uns jetzt zur Sicherheit an seine Fersen geheftet. Chris ist noch im Wald. Karolin und ich haben die Pferde nach Hause gebracht. Jetzt holen wir Mumpitz ab, und dann treffen wir uns wieder. Zu Fuß sind wir unauffälliger. Eigentlich sollten wir den Förster informieren, aber wir müssen erst mehr herausfinden, bevor wir ihn einweihen.

Außerdem möchte ich mal wissen, womit ich mir die Hose versaut habe. An einer Seite klebt frische Farbe, und ich habe keine Ahnung, wie die da drangekommen ist. Das gibt Ärger zu Hause. Na ja, egal.

Ratlos und gespannt,

Philipp

Philipp versuchte mit einem Taschentuch die Farbe aus seiner Reithose zu reiben. Vergeblich. Am Schluss war der grau-metallic schimmernde Fleck nur noch größer geworden.

„Und meine Finger sind jetzt auch dreckig", murmelte er.

„Grau-metallic", amüsierte sich Schmidtchen, als

Philipp ihm die Bescherung zeigte. Gemeinsam rieben sie mit Terpentinersatz an der Hose herum. Der Fleck schien zumindest etwas blasser zu werden.

„Jetzt komm endlich", drängelte Karolin, die bereits mit Mumpitz in den Startlöchern stand.

Philipp bedankte sich bei Schmidtchen und rannte los.

„Sag deiner Mutter, sie soll die Hose allein in die Waschmaschine stecken, nicht, dass sie noch was anderes verfärbt. Und pass nächstes Mal auf, dass du deine Reitklamotten von frisch lackierten Autos fern hältst!", rief der Stallmeister Philipp nach, der Karolin und Mumpitz Richtung Forstweg hinterherspurtete. Doch das hörte er schon nicht mehr.

Chris war froh, dass sie am Morgen ein grünes T-Shirt angezogen hatte. Ein paar Mal hatte sie das Gefühl, dass Gerns genau in ihre Richtung sah. Er war tatsächlich damit beschäftigt, mehr und mehr Bäume am Rand der kleinen Lichtung zu fällen. Eine kreisrunde Fläche entstand. Fast wie ein Roundpen, überlegte Chris. Und sie hatte auch etwa dieselbe Größe, vielleicht zwölf Meter im Durchmesser.

Plötzlich berührte Chris etwas Feuchtes am Arm und drängte von hinten gegen sie. Was war das? Sie unterdrückte einen Schrei. „Mumpitz, Platz!“, zischte sie, halb böse, halb erleichtert und vergewisserte sich mit schnellem Blick, dass Gerns den Hund nicht gesehen hatte. „Wo kommst du denn her? Bist du Karolin und Philipp abgehauen?“

Mumpitz legte sich gehorsam hin und schleckte ihr als Antwort begeistert durchs Gesicht. Er schien stolz darauf zu sein, sein Frauchen im großen dunklen Wald ganz allein gefunden zu haben.

Auf der Lichtung rührte sich etwas im hohen Gras. Chris sah, wie sich ein schwarzer Hund aufrichtete und in ihre Richtung jaulte und kläffte. Gerns drehte sich wütend zu ihm um und warf mit seinem Hut nach dem Tier. „Schnauze!“, brüllte er ihn an. „Leg dich hin und halt den Rand. Hier wird nicht gejagt.“

Chris nahm erleichtert zur Kenntnis, dass der Hund angeleint war.

Die letzte Baumkrone fiel. Gerns stellte die Kettensäge ab, legte sie zurück in seinen Geländewagen und wuchtete das Tannenbäumchen zu den anderen. Dann deckte er sorgfältig die Plane darüber. Sein Hund fing wieder an zu jaulen. „Jetzt reicht's!“, schnaufte Gerns. Er ging zur Beifahrerseite des Wagens, zerrte den Hund an der Leine hinter sich her und schob ihn umständlich hinein. Das Winseln war jetzt nur noch gedämpft zu hören.

Mumpitz setzte sich hin und knurrte leise. Chris hielt ihm mit beiden Händen die Schnauze zu und zischte: „Schhh! Runter!“ Wenn er jetzt anfing zu bellen, käme sie ganz schön in Erklärungsnöte! Beleidigt legte Mumpitz sich wieder hin. „Guter Hund“, flüsterte Chris. Das Tier von Gerns tat ihr Leid. Sein Herrchen hatte eine ruppige Art mit ihm umzuspringen, und anscheinend auch nicht besonders viel Ahnung. Die Jäger, die Chris kannte, waren immer ohne Leine mit ihrem Hund unterwegs, und sie hörten aufs Wort. Sie fragte sich, wie Gerns die Jagdhundeprüfung geschafft hatte.

Gerns schien nichts von ihrer Anwesenheit zu bemerken. Er war völlig in seine Arbeit vertieft. Gerade hatte er das grüne Zelt in sein Auto gepackt, jetzt wuchtete er Tarnnetze von der Ladefläche. Geschickt verankerte er sie an den umstehenden Bäumen, sodass eine Wand und ein halbes Dach entstanden. Innerhalb weniger Minuten war die Lichtung von außen kaum noch zu erkennen.

Das Zelt war also von Gerns!, vermutete Chris. Und jetzt hatte er sich einen noch größeren Unterstand geschaffen …

Zufrieden zündete sich der Jäger eine Zigarette an und warf die leere Schachtel Zündhölzer weg. Sie landete keinen Meter neben Chris auf dem Boden. Dann stieg er in den Wagen, wendete und fuhr los. Chris duckte sich tief über ihren Hund, als er an ihnen vorbeiholperte. Endlich war er weg.

Chris atmete aus. „Puhh. Das war knapp." Sie angelte nach den Streichhölzern. Darauf stand etwas in einer Schrift, die sie nicht kannte. „Aus dem Supermarkt hat er die nicht", stellte sie fest und steckte die Schachtel ein. „Man weiß ja nie ...", meinte sie zu Mumpitz, der emsig an ihr herumschnüffelte.

„Riecht irgendwie nach Farbe hier." Chris zog die

Nase kraus. In der Mitte des getarnten Kreises war der Geruch am stärksten.

„Iieehh!“ Hastig machte sie einen Schritt zurück. Sie war mitten in einen Klecks schwarzer Farbe getreten. „Ist das Motoröl?“, überlegte sie laut und tunkte vorsichtig eine Fingerspitze hinein. „Schon wieder Lackfarbe“, staunte sie und wischte die Finger am Waldboden ab, wodurch die Farbe aber nur über ihre ganze Hand verschmiert wurde. „Wo kommt das Zeug denn nur her?“

Dreihundert Meter weiter konnten Karolin und Philipp gerade noch rechtzeitig zur Seite springen, um nicht von Gerns gesehen zu werden, der im nächsten Augenblick in einem Affenzahn an ihnen vorbeirauschte. Sein Pick-up bog in den Weg zur Jagdhütte ein.

„Was will er denn da?“, wunderte sich Karolin und sah ihren Bruder an. „Onkel Lutz ist doch auf dem Gut.“

Philipp zuckte mit den Schultern. „Planänderung“, meinte er knapp und lief dem Auto hinterher.

„Und Mumpitz? Ich denke, den müssen wir zuerst wiederfinden. Oder willst du Chris beichten, dass er uns abgehauen ist?“, fragte Karolin.

„Schick ihr 'ne SMS", rief Philipp über die Schulter. „Und beeil dich, sonst verlieren wir ihn."

Karolin angelte im Laufen nach dem Handy, das sie in die Seitentasche ihres Rucksacks gepackt hatte.

„Wie soll man im Laufen smsen können?", beschwerte sie sich.

Aber weit musste sie gar nicht rennen.

„Runter", befahl ihr Bruder da auch schon und duckte sich hinter einen Busch. Karolin war mit einem Satz neben ihm.

Ludwig Gerns hatte seinen Pick-up vor der Jagdhütte neben einem zweiten Fahrzeug mit ausländischem Kennzeichen angehalten. Zwei Männer stiegen aus und begannen auf Gerns einzureden. Leider waren die Kinder zu weit weg, um etwas verstehen zu können. Aber dann sahen sie, wie einer der beiden Gerns Geld zusteckte. Als der den Kopf schüttelte, zählte der andere Mann ihm noch ein paar weitere Scheine in die Hand.

„Das sind Fünfhunderteuroscheine", raunte Philipp aufgeregt.

„Und ganz schön viele davon", wisperte Karolin.

Die beiden Männer stiegen unterdessen wieder in ihr Fahrzeug und fuhren weg. Gerns zündete sich

eine Zigarette an, zählte zufrieden noch einmal das Geld und fuhr dann ebenfalls davon.

Als er außer Sichtweite war, tauchten Karolin und Philipp hinter den Büschen auf. Da klingelte Karolins Handy.

„Wo seid ihr denn? Und was habt ihr mit Mumpitz gemacht?“

„Äh … oh …“, stammelte Karolin in den Hörer. „Es ist Chris“, zischte sie ihrem Bruder zu und sah ihn Hilfe suchend an.

Philipp nahm ihr das Mobiltelefon aus der Hand. „Mumpitz ist uns abgehauen“, gestand er. „Aber dafür haben wir Gerns beobachtet.“

„Mumpitz ist hier, und ich hab auch was Tolles entdeckt“, sagte Chris. „Mein Hufeisen hängt schief“, fügte sie knapp hinzu. „Wir treffen uns auf dem Hof.“

„Meins auch“, murmelte Philipp und gab Karolin das Handy zurück. „Sie hat einfach aufgelegt und wollte gar nicht wissen, was hier los war.“

„Vielleicht ist sie sauer wegen Mumpitz?“, überlegte Karolin.

„Nein, nein“, erwiderte ihr Bruder und schüttelte den Kopf. „Mumpitz ist bei ihr, und sie hat wohl auch was entdeckt, aber sie konnte nicht reden. Sie hat den Geheimcode verwendet.“

Als Philipp und Karolin wieder auf Gut Hohenhain eintrudelten, stand erneut der Wagen von Herrn Bracke, dem Forstbeamten, auf dem Hof.

„Was will der denn schon wieder hier?“, fragte Karolin leise.

Als sie die Küche der Familie Mertens betraten, hockte Chris mit abweisender Miene auf dem Boden und hielt Mumpitz eng umschlungen. „Er war's nicht“, sagte sie und sah zu Philipp und Karolin auf.

„Was ist los?“, fragte Philipp.

Karolin schaute in die ernsten Gesichter der Erwachsenen. Sogar Schmidtchen, den nichts so leicht aus der Ruhe bringen konnte, sah besorgt aus.

„Wir haben ein totes Reh gefunden … Mit Bissspuren von einem Hund.“ Herr Bracke machte eine Pause und hob etwas hoch, das neben ihm auf der Küchenbank gelegen hatte. „… und das hier lag daneben.“ Es war ein blutverschmiertes, rot gepunktetes Halstuch mit weißen Pferden am Saum.

„Mumpitz“, hauchte Karolin entsetzt.

„Er war's nicht“, wiederholte Chris empört.

„Bis wir das Gegenteil beweisen können, muss er auf dem Hof bleiben“, stellte ihr Vater sachlich fest.

„Wenn ihn ein Jagdaufseher erwischt, kann er ihn erschießen“, sagte der Forstbeamte.

Karolin und Chris schrien auf. Philipp schluckte schwer.

„Hier wird niemand erschossen“, schimpfte Schmidtchen und schlug mit der Faust auf den Tisch. „Dieser Hund hier bringt mir ausgebüxte Kaninchen ohne einen Kratzer im Maul zurück. Der jagt kein Wild, sonst fress ich einen Besen.“

Der Forstbeamte nickte. „Ich will das gern glauben, aber wir haben im Moment einen sehr schießfreudigen Kollegen in der Nachbarschaft, der sich auch schon mal über seine Befugnisse hinwegsetzt.

Und deshalb ist es für Mumpitz wirklich besser, wenn er hier auf dem Hof bleibt."

Die drei von der Pferdebande sahen einander an und nickten. Es war sonnenklar, wen er damit meinte. „Gerns", murmelte Philipp.

„Dürfen wir gehen?", bat Chris. Ihre Eltern nickten. „Mein Hufeisen hängt schief", wandte sie sich an Philipp und Karolin, die sich ebenfalls erhoben.

„Komm, Mumpitz", sagte Chris, nahm den Hund am Halsband und hakte die Leine ein.

Logbucheintrag vom 5. Juni, 16 Uhr 53

Hallo Logbuch,
schlechte Nachrichten. Mumpitz wird verdächtigt ein Reh gerissen zu haben. Dabei war er die ganze Zeit bei uns. Abgesehen von den fünf Minuten, die er gebraucht hat, mich heute im Wald ausfindig zu machen, als ich Gerns beschattet habe. Und das Halstuch war ja auch schon viel früher weg. Aber wie soll ich das beweisen?
Gerns baut jedenfalls irgendetwas Geheimnisvolles auf der künstlichen Lichtung.
Bye, Chris

Logbucheintrag von 16.58 Uhr

Gerns hat sich an der Jagdhütte mit zwei Männern getroffen. Ihr Auto hatte ein ausländisches Kennzeichen. Er hat Geld von ihnen bekommen, bestimmt ein paar tausend Euro. Wenn da kein Verbrechen dahinter steckt! So viel Geld, heimlich, mitten im Wald. Wir werden das aufklären.
Bis später, Philipp

Erstaunt sah er die Mädchen an, die beide angefangen hatten zu schluchzen.

„Was habt ihr denn?“, fragte er begriffsstutzig.

„Dieser doofe Gerns würde Mumpitz garantiert sofort erschießen“, heulte Karolin.

„Das ist so ein Schwein!“, stimmte Chris zu. Sie wischte sich die Tränen aus dem Gesicht. „Aber den kriegen wir“, setzte sie finster hinzu. „Wir sind besser im Beobachten.“

„Glaubst du denn, dass er uns auch beobachtet hat? Wann denn?“, fragte Karolin erschrocken.

„Damals im Wald.“ Chris putzte sich geräuschvoll die Nase.

Karolin musste kichern.

„Was hast du?“, fragte Chris verwundert.

„Na, seht mal eure Hände an“, gluckste die Freundin. „Habt ihr Farbeimer umgerührt?“

Zurück zu Chris: Welche Begebenheit meint sie, und was spricht dafür, dass Gerns sie tatsächlich beobachtet hat?

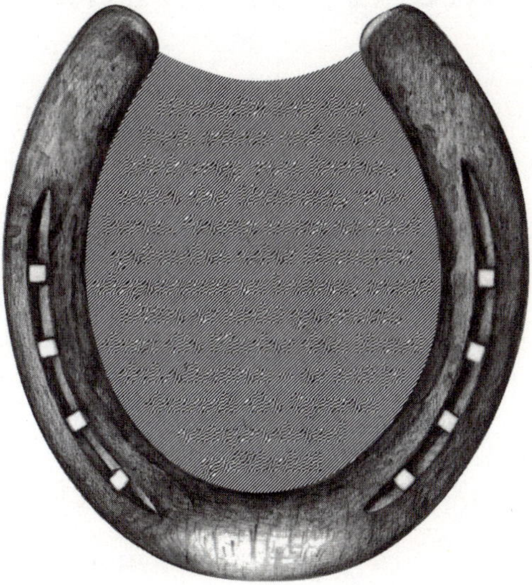

7. Achtung, Überfall! ●○○○○○○

„Seht mal, da!“, rief Philipp aus. „Rauch!“

„Das ist genau die Richtung, wo die Jagdhütte steht, in der Onkel Lutz wohnt. Aber der ist auf dem Gut arbeiten. Und es sieht nicht aus wie ein Lagerfeuer!“, meinte Chris und galoppierte Wildfang an.

„Vielleicht hat er seinen Spirituskocher nicht ausgemacht?“, vermutete Philipp.

„Vielleicht hat Gerns diesen Männern, von denen ihr erzählt habt, Geld gegeben, damit sie die Hütte abfackeln?“, erwiderte Chris finster.

„Los, schneller“, trieb Philipp Lujah an, aber er bildete trotzdem das Schlusslicht. Lujah sah gar nicht ein, wieso auf einmal so eine Hektik entstehen sollte, wo sie doch gerade noch gemütlich durch den Wald getrabt waren.

Mumpitz hatte ohne Leine Waldverbot. Die Pferdebande setzte seit dem Vorfall mit dem Reh alles dran, Ludwig Gerns auf die Schliche zu kommen. Seit zwei Tagen waren sie ständig allein oder zu mehreren in der Nähe des seltsamen Rundbaus oder versuchten den Jäger anderswo zu beobachten. Doch Gerns bemühte sich, den Kindern aus dem Weg zu gehen und niemanden zu treffen. Es war wie verhext. Manchmal fragten sie sich schon, wer wen beobachtete. Und jetzt ein Feuer in der Jagdhütte?

Atemlos zügelte Chris ihre Stute. Man sah Rauch aus der Hütte dringen, aber keine Flammen.

„Einer muss die Pferde festhalten und hier warten“, bestimmte sie, sprang ab und warf bereits Karolin ihre Zügel zu.

„Immer ich“, maulte die und griff auch nach Lujahs Zaumzeug. „Warum sagt sie ‚einer‘, wenn sie doch ‚eine‘ meint? Kannst du mir das erklären, Käffchen?“ Das Pony stupste Karolin an und rieb sich an ihrem Rücken. Dann folgte Käffchen dem Beispiel der beiden anderen Pferde und steckte die Nase ins Gras.

„Immer denkt ihr nur ans Fressen. Auch typisch“, murmelte Karolin und zog die Pferde mühsam ein paar Schritte näher an die Hütte heran, damit sie wenigstens sehen konnte, was dort geschah.

Lujah trat auf einen morschen Ast, der laut krachend zerbarst. Erschreckt drehten Philipp und Chris sich um.

„Alles in Ordnung", flüsterte Karolin den beiden zu und winkte.

Je näher sie kamen, desto deutlicher konnten sie erkennen, was passiert war. Die Holztür hing schief in den Angeln und zwei Scheiben waren eingeschlagen. Ein paar Habseligkeiten von Onkel Lutz lagen auf dem Boden verstreut. Rauch qualmte aus einem der zerbrochenen Fenster und stieg in einer schlanken, dunkelgrauen Säule nach oben.

„Das ist auf jeden Fall kein trockenes Holz, was da brennt", stellte Philipp fest. „Bei einem richtigen Feuer wäre das alles längst abgebrannt!"

„Und wir hätten außerdem den schönsten Waldbrand", malte Chris sein düsteres Bild weiter. „Los, lass uns reingehen. Hier ist keiner."

Doch da hatten sie sich getäuscht …

„Onkel Lutz", schrie Chris auf, als ihre Augen sich an das verrauchte Dämmerlicht im Inneren der Hütte gewöhnt hatten.

„Schnell, hilf mir, Philipp!“

Lutz Wegener lag reglos ausgestreckt auf dem Lehmboden der Hütte. Aus einer Wunde an seinem Kopf sickerte Blut.

„Onkel Lutz! Sag doch was!“, rief Chris panisch. Sie kniete sich neben den bewusstlosen Mann und rüttelte an seiner Schulter. Philipp suchte nach der Ursache für den Rauch. Es war fast, wie sie vermutet hatten. Frisch geschlagenes Holz war wahllos in den offenen Kamin geschichtet worden.

Philipp sah sich nach etwas um, womit man Onkel Lutz den Kopf stützen könnte, aber da hörte er an einem Stöhnen, dass der bereits zu sich kam.

Stattdessen entdeckte er einen halb vollen Wassereimer. Als er damit das qualmende Feuer löschen wollte, stolperte er über eine Dose, die mitten im Raum lag.

„Wer lässt denn hier Sprühflaschen auf dem Boden liegen?“, schimpfte er und hob sie auf. „Uhh“, machte er entsetzt. Er spürte etwas Klebriges an seinen Fingern und ließ die Dose fallen. „Das ist ja Blut!“

„Meins“, knurrte Onkel Lutz.

„Das ist also die Tatwaffe“, stellte Chris fest. „Die

hättest du vielleicht nicht anfassen sollen."

Lutz richtete sich auf und rieb sich den Kopf. Er brummte und hustete.

Philipp kippte den Inhalt des Eimers über die schwelenden Holzstücke. Die Glut erlosch zischend, aber der Rauch wurde daraufhin noch dichter. Jetzt husteten alle drei.

„Du musst hier raus", forderte Chris und griff Onkel Lutz unter die Arme, um ihm aufzuhelfen.

Schwankend erreichten sie den Hüttenausgang.

Karolin war gerade dabei, die Pferde am Brunnen anzubinden. „Oh, du lieber Gott! Was ist denn passiert?", rief sie erschrocken, als sie Onkel Lutz' Gesicht sah.

Chris und Philipp platzierten Lutz auf der Holzbank vor der Hütte. Karolin betrachtete fachkundig die Wunde. Ihr Vater war Apotheker, und sie hatte von ihm einiges über erste Hilfe und Verbände gelernt. „Hol mir mal eine sterile Kompresse, eine Wundauflage und ein Dreieckstuch aus dem Erste-Hilfe-Kasten", wies sie Philipp an und schickte ihn in die Hütte zurück.

„Ach, das ist doch nur ein Kratzer", wehrte Onkel Lutz ab.

„Da machen wir jetzt trotzdem einen Schwiegermutterverband drum“, erklärte Karolin resolut.

Chris kicherte.

„Der heißt wirklich so“, sagte Karolin beleidigt.

„Nein, deswegen lach ich gar nicht“, erklärte Chris. „Du bist nur sonst nie so bestimmend.“

„Und Wasser brauch ich auch“, kommandierte Karolin ohne zu antworten.

„Aye, aye, Sir“, rief Chris und salutierte vor ihrer Freundin, bevor sie sich an der Schwengelpumpe zu schaffen machte.

„Was ist denn nun passiert?“, fragte Philipp, als sie die Wunde gemeinschaftlich versorgt hatten.

Lutz fiel es ein wenig schwer, mit dem Kopfverband zu sprechen. Er grinste schief. „Ich hatte meinen Schnupftabak vergessen. Darum bin ich hergekommen, als wir Pause gemacht haben. Jemand war in meiner Hütte und spielte mit meinem Spirituskocher herum. Der ist kaputt, deswegen ist es ihm wohl auch nicht geglückt, mir die ganze Bude in Brand zu stecken. Der Boden lag voller Streichhölzer. Ich wollte ihn natürlich zur Rede stellen. Da hat der Kerl mich sofort angesprungen, Kopf voraus in den Bauch.“ Er rieb sich seine Rippen. „Tja, und dann hab ich von hinten einen Schlag auf den Kopf bekommen. Den Rest kennt ihr."

„Boah!", machte Philipp ehrfürchtig. „Das ist ja wie im Krimi! Du hättest an Rauchvergiftung sterben können."

„Na, schönen Dank auch", brummte Lutz. „Zum Glück stirbt man nicht so schnell bei eingeschlagenen Scheiben und offener Tür und einem Feuer, das aus vier kleinen Scheiten besteht. Seht mal. Schon aus." Er deutete mit dem Kopf in Richtung Hütte, wo sich der Rauch tatsächlich bereits lichtete.

„Aber wer war das? Konntest du den Typen nicht erkennen?", wollte Philipp wissen.

Lutz schüttelte vorsichtig den Kopf.

„War es Ludwig Gerns?", bohrte Philipp weiter. „Den würdest du doch erkannt haben, oder?"

Lutz schüttelte wieder den Kopf. „Der war's nicht. Zumindest war er nicht der Typ, den ich am Kamin knien sah. Der wirkte eher wie jemand, der nicht von hier kommt."

„Die beiden komischen Männer", flüsterte Karolin erschrocken. „Genau wie Chris gesagt hat."

„Was hab ich gesagt?", fragte Chris, die kurz in die Hütte gegangen war und jetzt die Tatwaffe und ein paar Streichhölzer in der Hand hielt. „Ich hab mich mal ein bisschen umgesehen. Für Fingerabdrücke ist es ja leider zu spät, was diese Dose angeht."

„Warte mal", sagte Philipp und nahm ihr die Sprühdose aus der Hand. „Das ist ja Autolack – metallic-grau! Passend zu meinen Händen! Wie kommt der denn hierher?"

Die Mädchen zuckten mit den Schultern.

Philipp schlug sich mit der Hand gegen die Stirn. „Jetzt wird mir was klar. Erinnert ihr euch an die Farbflecken auf meiner Reithose und auf dem Foto vom Förster? Und an die Farbe an Chris' Händen, die auch so schlecht abging? Sie kam von lauter verschiedenen Stellen, aber immer aus dem Wald."

„Was hat das jetzt mit dem Überfall auf Onkel Lutz zu tun?", fragte Chris verwundert.

„Und auf dem Foto war außerdem blaue Farbe zu sehen", erinnerte sich Karolin.

„Moment mal", stutzte Chris. „Ich bin in den Farbklecks getreten, als ich vorgestern an der Lichtung war. Das muss es auch gewesen sein, was die Pferde gerochen haben. Wisst ihr noch? Als Wildfang so geflehmt hat … Aber das kann doch nicht alles Autofarbe sein, oder? Was macht man denn damit?"

„Autos lackieren“, sagte Lutz leichthin.

„Im Wald?“, fragte Karolin.

„Genau!“, sagte Philipp.

„Wow!“, machte Chris. Ihre Augen blitzten. Sie sprang auf und zog die Geschwister zur Seite. Onkel Lutz musste ja nicht alles mitkriegen.

„Erinnert ihr euch an diesen Zeitungsartikel über die Autodiebe?“, flüsterte sie aufgeregt.

„Den ich nicht lesen durfte?“, fragte Philipp leise.

„Genau den. Ich nehme alles zurück und behaupte das Gegenteil. Das ist wohl doch ein Fall für uns.“

„Vielleicht. Aber als Erstes muss Onkel Lutz zum Arzt“, bestimmte Karolin.

„Ach, schnickschnack“, widersprach Lutz, als er das Wort „Arzt“ hörte. „Harald und Birte warten sicher auf mich und wundern sich, wenn ich mich auch noch verdrücke.“ Er zwinkerte Chris zu.

„Ach du Schande. Die Heuernte!“, fiel Chris siedendheiß ein. „Au, das gibt Ärger.“

Onkel Lutz lachte. „Na, ist nicht so schlimm. Wir hatten heute Mittag schon drei Viertel drin.“

Auf dem Weg zum Gut führten die Kinder die Ponys und nahmen Onkel Lutz in ihre Mitte. Er war immer noch ein wenig wackelig auf den Beinen.

Chris hatte die Streichhölzer eingesteckt. Dieser Gerns war wirklich sehr geschickt darin, ihnen alle möglichen Steine in den Weg zu legen. Erst schaltete er Mumpitz aus, jetzt Onkel Lutz – und er arbeitete mit immer fieseren Methoden. Was hatte der Jäger mit diesen Autodieben zu tun, und was würde als Nächstes passieren?

„Ich könnte wetten, dass es Gerns selber war, der dir die Dose über den Kopf gehauen hat“, überlegte sie laut.

„Und wie willst du das beweisen?“, fragte Philipp interessiert.

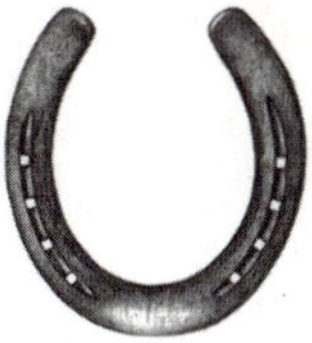

Was für einen Beweis hat Chris? Was glaubst du?

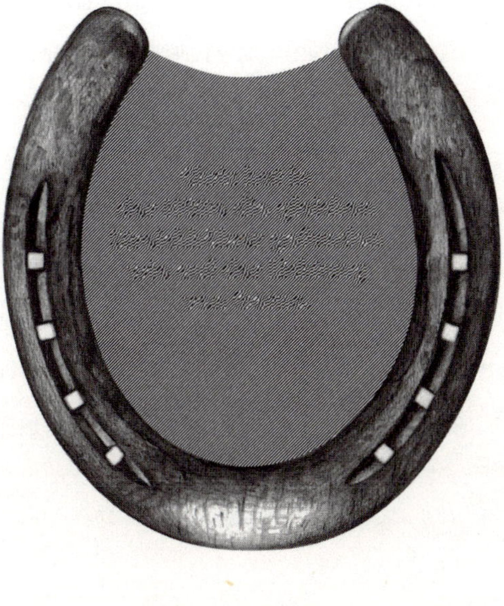

8. Eine unangenehme Begegnung

Logbucheintrag vom 7. Juni, 20 Uhr 47

Es sieht ganz so aus, als ob Autoschieber geklaute Fahrzeuge bei uns im Reiherwald umspritzen. Aber welche Rolle spielt Gerns dabei? Deckt er sie? Hat er dafür das Geld bekommen?
Nach dem Überfall auf Onkel Lutz hat meine Mutter ihn doch zu einem Arztbesuch überreden können. Er hat uns aber das Versprechen abgenommen, erst mal nichts von der Hütte und dem Angriff zu erzählen, damit meine Eltern nicht das Heu sausen lassen und die Polizei alarmieren. Ich glaube aber, dass das mit der Ernte nur eine Ausrede ist. Er will einfach nichts mit der Polizei zu tun haben.
Jedenfalls hat er nur eine Platzwunde und eine

leichte Gehirnerschütterung. Glück gehabt!
Danach sind wir drei dann sofort bei der Heuernte eingesprungen. Jetzt sind wir total kaputt, haben zerstochene Arme von den spitzen Heuhalmen und sind wieder nicht weitergekommen mit unserer Detektivarbeit. Philipp und Karolin sind nach Hause geradelt, weil ihre Eltern schon angerufen hatten. Morgen früh müssen wir Gerns unbedingt weiter beschatten. Hoffentlich können wir das alles bald aufklären!
Gute Nacht, Chris

Chris legte den Kugelschreiber aus der Hand und ließ sich gähnend ins Stroh zurücksinken. Mumpitz schleckte ihr hingebungsvoll durchs Gesicht.

„Du hast's gut", stöhnte sie. „Jeden Morgen und jeden Abend hast du Futter im Napf, musst nicht in die Schule, nicht bei der Heuernte helfen, nicht den Stall fegen …" Seufzend richtete sie sich auf. „Na komm, bringen wir's hinter uns", murmelte sie.

Nachdem sie zwanzig Minuten den Stall gefegt hatte, glaubte sie, ihr würden die Arme abfallen. „Feierabend", verkündete Chris und sah Mumpitz verschmitzt an. „Gehen wir schwimmen?"

Mumpitz kläffte zustimmend.

Chris rannte ins Haus und schlüpfte in ihren Badeanzug. Sie beschloss zum Reihersee zu fahren. Wer weiß, vielleicht stieß sie durch Zufall noch auf irgendeine Spur?

Sie griff sich ein Handtuch und ein frisches T-Shirt und steckte kurz den Kopf durch die Küchentür, wo ihre Eltern über der Lektüre der bislang ungelesenen Morgenzeitung saßen.

„Sieh mal, Schatz. Hier steht, dass gestern ganz in der Nähe ein Golf von einem Hof gestohlen wurde", berichtete Chris' Mutter gerade besorgt.

„Ach, das ist doch kein Drama", wehrte Harald Mertens ab. „Die haben ein Sommerloch und bauschen alles auf."

„Ich weiß nicht", widersprach seine Frau.

„Wenn es dich beruhigt: Ich habe abgeschlossen, und die Wegfahrsperre ist drin. Außerdem haben wir ja Mumpitz", meinte ihr Vater lächelnd.

Chris hörte gespannt zu. Die Autodiebe hatten also wieder zugeschlagen! Aber sie konnte ihre Eltern noch nicht in ihre Ermittlungen einweihen. Außer ein paar Farbklecksen und Streichhölzern hatte die Pferdebande noch keinen echten Beweis.

„Apropos“, unterbrach sie, bevor ihre Mutter etwas erwidern konnte. „Ich geh schnell schwimmen. Darf ich Mumpitz mitnehmen?“, fragte sie.

„Wenn du ihn anleinst“, meinte Birte Mertens. „Aber bleib nicht so lange. Ich mach uns einen Salat, mehr schaff ich heute Abend nicht mehr. Dein Vater und ich gehen nämlich gleich noch ins Kino.“

„Super, danke“, antwortete Chris und lief los.

„Warte mal, Christina“, rief ihr Vater sie zurück.

Chris schluckte. Wenn jemand in der Familie sie mit ihrem vollen Namen ansprach, verhieß das meist nichts Gutes.

„Du hast Mumpitz doch gestern nicht von der Leine gelassen, oder?“, fragte Harald Mertens ernst.

Chris schüttelte wahrheitsgemäß den Kopf. „Nein, er war immer unter Aufsicht.“

„Dann dürfte unser Wuschelhund bald über jeden Verdacht erhaben sein“, meinte ihr Vater und lächelte plötzlich. „Im Lokalteil steht, dass ein Kaninchen und ein weiteres Reh offensichtlich von einem Jagdhund gerissen worden sind.“

„Super“, rutschte es Chris heraus, auch wenn ihr die Tiere natürlich Leid taten.

„Wie furchtbar“, rügte ihre Mutter auch prompt.

„Ich habe ja nur … es ist doch bloß, weil …“, versuchte Chris zu erklären.

Ihre Eltern unterbrachen sie einstimmig: „Geht baden!“ – „Abmarsch!“

In der Tür stutzte Chris und blieb stehen. „Aber wieso hat der Förster noch nicht hier angerufen und uns das gesagt? Er muss das doch viel früher gewusst haben als die Zeitung?“

„Da hast du in der Tat Recht“, antwortete ihr Vater und ging zum Telefon. „Das haben wir gleich … Herr Bracke? … Ja, guten Abend, Mertens. Ich rufe an wegen Mumpitz … nein … Ach so? … Nein, das hat er nicht. … Ja, vielleicht. … Na, dann ist ja alles klar … Vielen Dank. Ja, wiederhören.“ Er legte auf.

„Und, was hat er gesagt?“, wollte Chris wissen.

Ihr Vater runzelte die Stirn. „Er dachte, wir wüssten längst Bescheid. Bracke hatte nämlich Herrn Gerns gebeten, uns auszurichten, dass der Verdacht gegen Mumpitz vom Tisch ist. Seit gestern schon.“

„Vielleicht hat er sich nicht getraut, auf den Anrufbeantworter zu sprechen, wir waren ja meist draußen“, meinte ihre Mutter.

„Na, also weißt du“, hob ihr Vater an. „Das ist ja wohl keine Schwierigkeit.“

Birte Mertens zuckte die Schultern.

Chris lief zur Tür. „Ich geh jetzt, sonst wird es zu spät.“

Sie holte ihr Rad aus dem Schuppen und fuhr los Richtung Reihersee. Die Sonne stand schon tief und tauchte den Abendhimmel in ein orangefarbenes Licht. Mumpitz' langes Zottelfell leuchtete an einigen Stellen fast golden. Die Leine hatte Chris auf den Gepäckträger geklemmt. Sollte Gerns doch kommen und was sagen! Der sollte erst einmal seinen eigenen Hund in den Griff bekommen!

Plötzlich raschelte es neben ihr kräftig im Unterholz, und drei junge Rehböcke setzten panisch direkt vor ihr über den Weg.

„Bleib hier, Mumpitz“, befahl sie automatisch. Gehorsam setzte Mumpitz sich hin, auch wenn er dem Rotwild völlig fasziniert hinterhersah. Es dauerte keine zwei Sekunden, da schoss etwas Langes, Schwarzes an ihnen vorbei. Mumpitz stand auf und bellte schwanzwedelnd hinterher. Das lenkte den anderen Hund für einen Moment ab. Die Rehböcke schlugen einen Haken, setzten über einen kleinen Wassergraben und verschwanden auf der anderen Seite im Gebüsch. Man sah, dass der schwarze Hund hin und her gerissen war und nicht wusste, ob er ihnen folgen oder zu Mumpitz laufen sollte.

Mumpitz bellte wieder und verbeugte sich auffordernd. „Spiel mit mir“, hieß das. Schließlich kam der Schwarze der Aufforderung nach.

Chris war sprachlos. Das war doch ... Mit offenem Mund sah sie den beiden beim Toben zu. Da raschelte es ein drittes Mal im Unterholz. Diesmal war es Gerns, der sich mit rotem Kopf und völlig verschwitzt durch das Gebüsch kämpfte. Ohne seinen Alpenhut hätte Chris ihn im ersten Moment fast nicht erkannt.

„Du nichtsnutzige Töle“, brüllte er. „Morgen geb ich dich zurück und dann ...“ Er brach ab, denn jetzt hatte er Chris mit ihrem Fahrrad entdeckt.

Gerns sah an ihrem Blick, dass sie verstanden hatte, wer hier in Wirklichkeit der Wilderer war. Wütend schüttelte er die Faust in ihre Richtung. „Dein Wort gegen meins“, sagte er mit drohendem Unterton, packte seinen Hund am Nackenfell, dass der aufjaulte, und hakte eine Leine ein. „Und jetzt raus mit dir aus meinem Wald. Nach Einbruch der Dämmerung hat hier niemand mehr was ohne Jagdschein verloren. Sonst ...“ Er griff viel sagend an

seinen Gewehrlauf, an dem ein Stück Klebeband hing. Er zerknüllte es und warf es auf den Waldboden. Ohne ein weiteres Wort verschwand er auf dem selben Weg, den er gekommen war.

Chris war die Lust am Baden vergangen.

„Komm, Mumpitz, ich dusch dich lieber zu Hause ab“, murmelte sie und wendete ihr Rad. Sie hob das zusammengeknüllte Plastik auf.

„Umweltverschmutzer“, schimpfte sie und klemmte die Folie auf ihren Gepäckträger.

Logbucheintrag von 21.38 Uhr

Es ist der Hund von Gerns! Der hat gewildert. So macht plötzlich alles einen Sinn. Deshalb hat Gerns

ihn immer irgendwo angebunden oder im Auto gelassen. Auch die Sache mit den Pfotenabdrücken zwischen den Wildspuren in der zerstörten Pflanzung ist jetzt klar. Gerns wollte von sich und seinem Hund ablenken und hat Mumpitz die toten Wildtiere in die Schuhe geschoben.
An Gerns ist damit so gut wie alles falsch: Er hat keine Ahnung von den Jagdregeln, er hat keinen richtigen Jagdhund, und außerdem hat er Kontakt zu Autoschiebern. Jetzt brauchen wir nur noch den entscheidenden Beweis, dass Gerns hinter den ganzen seltsamen Vorfällen steckt, mit denen er alle Reiter aus dem Wald jagen wollte. Klar, er kann ja keine Beobachter gebrauchen!
Ich habe so ein Gefühl, dass wir ihn bald überführen werden.
Bis bald, Chris

Auf dem Weg ins dunkle Wohnhaus warf Chris das zerknüllte Plastik von Gerns in die Mülltonne. Ihre Eltern waren anscheinend schon weg. An der Eingangstür hing eine Nachricht für sie, dass auch Schmidtchen das Gut verlassen hatte. Er war „auf ein Gläschen Wein“ bei Onkel Lutz in der Jagdhütte.

„Klar, lasst mich nur alle allein. Aber du bleibst bei mir, nicht wahr, Mumpitz?“, brummelte sie.

Chris wollte gerade ihre Finger an einem Handtuch abwischen, da stutzte sie. „Schon wieder Lackfarbe!“

Und dann erinnerte sie sich an Gerns’ zornigen Auftritt eben im Wald, und plötzlich wurde ihr noch etwas klar.

Es war die ganze Zeit so offensichtlich gewesen! Chris stöhnte. Sie mussten in den Wald zurück. Alle drei. Jetzt gleich, bevor alles schon wieder vorbei war. So schnell sie konnte, rannte sie ins Wohnzimmer und hängte sich ans Telefon.

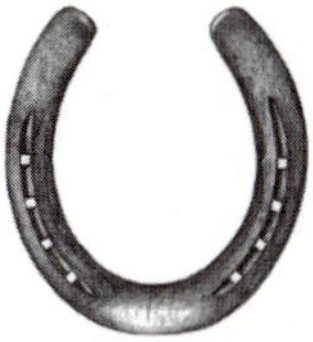

Warum hat es Chris so eilig? Was ist ihr aufgegangen?

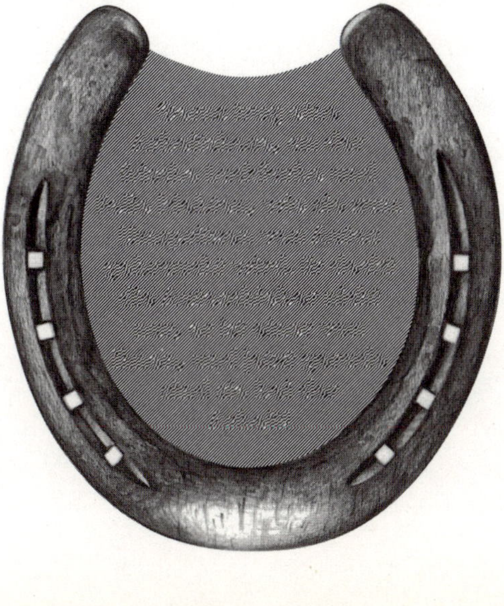

9. Allein auf Verbrecherjagd

Bei Familie Wildhagen hob niemand ab. „Philipp, Karolin, Klaas und Miriam Wildhagen sind im Moment leider nicht da …“, schnarrte der Anrufbeantworter.

Stöhnend legte Chris auf. Was nun? Sollte sie die Polizei anrufen? Sie zögerte. Was, wenn die ihr nicht glaubten? Oder wenn ihre Vermutung falsch war? Nein, sie musste versuchen, irgendeinen handfesten Beweis zu bekommen – auch wenn ihr bei dem Gedanken an einen Ausflug in den dunklen Wald das Herz in die Hose rutschte. Kurz entschlossen legte sie Mumpitz sein Halsband um, nahm die Taschenlampe und ihren Fotoapparat von der Kommode und lief los. Als sie schon fast zur Haustür raus war, hielt sie inne und kehrte um.

In ihrem Zimmer hinterließ sie einen Zettel – für den Notfall. Man wusste ja nie. Darauf schrieb sie:

Hi, Mama und Papa. Musste noch mal weg. Habe Mumpitz mitgenommen. Wir sind im Wald, Gerns überführen, am alten Winterfutterplatz für das Schwarzwild. Er ist einer der Autodiebe!!

„So, das war's", murmelte sie und legte den Zettel auf ihr Kopfkissen.

Im Hinausgehen steckte sie die Taschenlampe in ihre Hosentasche. Zumindest bis zum Wald würde sie die nicht brauchen. Die Nacht war sternenklar, und die Augen von Wildfang waren im Dunkeln eh besser als ihre.

Sie lief zur Weide und pfiff nach der Stute. Die anderen Ponys standen in der Herde und dösten, aber Wildfang hob gleich den Kopf, als sie Chris kommen hörte. Schnell hatte sie ihrer Stute das Halfter übergestreift und den Führstrick zu Zügeln verknotet. Dann schwang sie sich auf den blanken Pferderücken.

Mumpitz lief aufgeregt vorweg. Eine Nachtwanderung in den Wald. Das war mal was Besonderes!

„Sieh mal, da hat jemand angerufen“, sagte Karolin, als sie gegen halb elf nach Hause kamen. Ihre Eltern hatten die Geschwister zum Eis eingeladen, und weil Ferien waren, hatten sie spontan beschlossen, noch miteinander auf die Kirmes zu gehen.

„Es hat aber niemand draufgesprochen“, erkannte Philipp mit einem Blick.

„Das seh ich auch“, antwortete Karolin und drückte eine Taste. „Aber die Nummer kommt mir bekannt vor. Das ist doch …“

„Gut Hohenhain!“, fiel ihr Philipp ins Wort und griff schon nach dem Hörer.

„Philipp, du willst doch wohl so spät niemanden mehr aus dem Bett klingeln, oder? Reicht es nicht, wenn ihr Chris morgen zurückruft?“, fragte Miriam Wildhagen.

„Mama. Da ist sicher was passiert“, flehte Karolin.

„Sie spricht sonst immer auf den Anrufbeantworter. Das muss einen Grund haben. Bitte!“, drängelte auch Philipp.

Ihre Eltern sahen sich an. „Na gut, dann lass mich das machen“, schlug Klaas Wildhagen vor und wählte.

Gespannt drängten sich die Kinder um ihren Vater.

„Hallo? Herr Mertens? … Ja, entschuldigen Sie bitte die späte Störung. Nein, es ist nichts passiert. Zumindest hoffen wir das. Sagen Sie, Chris liegt sicher schon längst im Bett und schläft, oder?“

„Papa, er soll nachsehen“, drängte Karolin.

„Ja, das habe ich mir schon gedacht“, sprach Klaas Wildhagen in den Hörer. „Es ist nur … die Kinder haben sich gewundert, weil Chris offensichtlich hier angerufen, aber nichts auf dem Anrufbeantworter hinterlassen hat … Sie schauen nach ihr? … Ja, das ist nett. Danke.“

Sie hörten, wie Herr Mertens den Hörer aus der Hand legte und davonging. Gespannt warteten sie. Dann hörte man aufgeregte Stimmen am anderen Ende der Leitung.

Atemlos kam Herr Mertens zurück. „Sie ist weg“, rief er so laut, dass die Kinder es hören konnten, obwohl ihr Vater den Hörer ans Ohr drückte.

„… einen Zettel?“, wiederholte er jetzt. „In den Wald? … Ja, wir kommen sofort.“ Er legte auf und sagte: „Zieht euch an, wir fahren zum Gut, Chris suchen. Was für ein Abenteuer verfolgt ihr da wieder?“

„Das ist kein Abenteuer, wir sind einem Verbrechen auf der Spur“, verteidigte Philipp sich.

„Hoffentlich nicht“, meinte Miriam Wildhagen bang und schloss die Wohnungstür hinter ihnen ab.

Währenddessen pirschte sich Chris mit Wildfang und Mumpitz tiefer und tiefer in den Wald hinein. Zwischen den Bäumen war es dunkler als gerade auf dem breiten Waldweg, aber sie wagte nicht, die Taschenlampe einzuschalten. Wenn ihre Vermutung stimmte, dass die Autoschieber jetzt gerade im Schutz der Nacht zusammen mit Gerns geklaute Fahrzeuge umspritzten, dann war es entschieden sicherer, dort nicht gesehen zu werden. Hier im Unterholz führte sie Wildfang. So konnte sie den schmalen Wildwechsel nutzen, der zu der Lichtung mit den Tarnnetzen führte, und brauchte nicht auf den von Gerns gekennzeichneten breiten Pfad auszuweichen. Wer wusste schon, wer da so alles kam und ging heute Nacht?

Vor sich nahm Chris jetzt ein gedämpftes Licht wahr. Sie hörte Geräusche wie von Sprühflaschen und das Brummen eines Stromaggregates. Als sie noch ungefähr zwanzig Meter von der Lichtung entfernt war, band sie Wildfang an eine Eiche. Die Stute begann genüsslich an den Blättern zu knabbern. Chris kontrollierte schnell, ob auch nichts Giftiges in der Nähe wuchs.

„Platz!“, befahl Chris ihrem Hund. „Bleib schön bei Wildfang.“

Dann schlich sie sich noch näher an die Lichtung heran.

Sie pfiff leise durch die Zähne, als sie sah, was dort vor sich ging. Die drei Männer hatten eine richtige mobile Autowerkstatt unter den Tarnnetzen errichtet. Soweit Chris durch die etwa zwei Meter breite Öffnung erkennen konnte, waren sie gerade dabei, Folie von den Fenstern eines frisch lackierten Autos zu ziehen. Genau so einen Schnipsel hatte Gerns am Abend an seinem Gewehr kleben gehabt.

Auch die Scheiben des zweiten Autos, das unter

dem Tarnnetz stand, waren bereits mit dieser Folie beklebt. Ein drittes Auto parkte frisch glänzend in einem Nachbarzelt zum Trocknen.

„Mann! Wir brauchen endlich eine neue Düse für dieses Drecksding“, schimpfte einer der Männer und wischte sich einen Farbklecks von seiner Hose.

Chris musste trotz ihrer Anspannung grinsen. So war es also zu all den Farbflecken gekommen. Das Spritzgerät war nicht mehr in Ordnung.

Die Männer warfen den Generator an und legten erneut mit ihren Spritzpistolen los. Meter um Meter verschwand die ursprüngliche weiße Farbe des Mercedes' und wich einem dunklen Grau. Chris war fasziniert. Sie angelte nach ihrem Fotoapparat. Wenn sie den Blitz benutzte, würde man sie bestimmt entdecken. Aber würde die Lichtempfindlichkeit des Films ausreichen, dass man auch ohne ihn auf den Fotos etwas erkennen konnte?

Sie musste noch dichter heranschleichen. Zentimeter um Zentimeter robbte Chris vorwärts. Unter ihren Knien knackte ein Ast. Sie erstarrte. Aber der Stromerzeuger übertönte jeden Laut, den sie machte.

Plötzlich hörte sie es hinter sich rascheln. Das Herz rutschte ihr in die Hose. Waren die Männer zu viert gewesen? Sie fuhr herum. Aber statt in ein Verbrechergesicht sah sie in die Augen eines ausgewachsenen Wildschweins mit riesigen Hauern. Es stand keine drei Meter von ihr entfernt und beäugte sie misstrauisch. Chris brachte keinen Laut hervor. Ihr Körper wollte ihr nicht gehorchen. Zitternd spitzte sie die Lippen, um nach Mumpitz zu pfeifen. Es kam nur Luft. Sie sah sich schon als Mitternachtsmahl bei dem Wildschwein auf der Speisekarte, als Mumpitz sich mit gefährlich grollendem Knurren von der Seite bemerkbar machte. Er trat ein paar Schritte auf die Bache zu und blieb mit gesträubtem Fell und ge-

fletschten Zähnen vor Chris stehen. Bebend robbte Chris rückwärts. Sie wusste, dass sie zu Fuß keine Chance gegen die Wildsau hatte. Trotz ihres Gewichts und ihres unförmigen Körpers war Schwarzwild sehr schnell auf den Beinen, wenn es drauf ankam. Und die Hauer konnten einen erwachsenen Mann töten. Die Verbrecher, die Beweisfotos, alles war vergessen. Als Chris meinte, sich weit genug entfernt zu haben, stand sie vorsichtig auf, drehte sich um und rannte zurück zu Wildfang. Die hatte längst aufgehört Eichenlaub zu fressen und tänzelte unruhig herum.

Chris konnte das Wildschwein nicht mehr sehen. Das war gut. Aber sie sah auch keine Spur mehr von Mumpitz, und das beunruhigte sie sehr. Sie schwang sich auf den Rücken von Wildfang. So war sie wenigstens schneller. Kaum saß sie oben, hörte sie die Bache ganz in ihrer Nähe wütend grunzen. Dann ertönte das Grollen von Mumpitz. So hatte Chris ihn noch nie knurren gehört.

„Mumpitz, lauf!“, schrie sie voller Angst und trieb Wildfang ebenfalls zum Rückzug an.

Hinter ihr begann ein wilder Kampf. Die Bache grunzte und schnorchelte, Mumpitz knurrte und bellte, die Tiere brachen raschelnd durchs Gebüsch. Zweige brachen, Äste knackten. Sie hörte wütendes Schnaufen. Die Laute schienen von überall her zu kommen. Wildfang blähte die Nüstern und schnaubte nervös. Plötzlich fehlte ein Geräusch in der Nacht. Der Generator war abgestellt worden.

Chris hielt Wildfang auf der Stelle an. Ihr Herz pochte wie rasend. Da peitschte ein Schuss durch die Nacht. Sie hörte ein schmerzliches Winseln. Dann war alles still.

„Nein!", brüllte sie entsetzt und wendete ihre Stute. „Mumpitz!"

Einen Moment lang hatte sie Schwierigkeiten, Wildfang davon zu überzeugen, in Richtung der Gefahr zurückzureiten. Chris ließ nicht locker und drückte ihr die Waden mit aller Kraft in die Seiten. So schnell es der Weg zuließ, galoppierte sie wieder auf den Lichtschein zu. Neben der Silhouette eines Mannes mit Gewehr lag ein zuckendes Tier auf dem Boden.

„Was haben Sie mit meinem Hund gemacht?", schrie Chris. Sie sprang vom Pferd und rannte, bewaffnet mit einem morschen Ast, der auf dem Boden gelegen hatte, auf den Mann zu. Wildfang brachte sich mit ein paar Galoppsprüngen in Sicherheit.

Da traf Chris etwas hart an der Schulter. Sie verlor das Gleichgewicht, stürzte und prallte gegen eine Wurzel. Dann wurde ihr schwarz vor Augen.

Wie nennt man den Instinkt, der es Chris so schwer gemacht hat, Wildfang zurückzureiten?

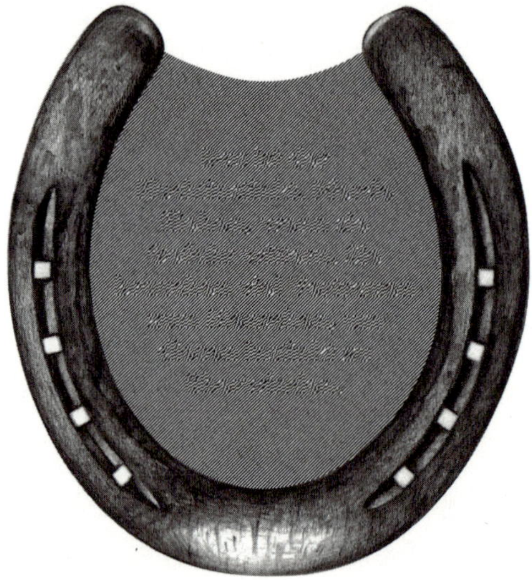

10. Die Rettung

„Was machen mit Mädchen?“, hörte Chris eine raue Männerstimme in gebrochenem Deutsch fragen.

Die Antwort konnte sie nicht verstehen. Ihr brummte der Schädel. Aber lange war sie sicherlich nicht bewusstlos gewesen.

Gerns und zwei andere Kerle standen direkt neben ihr und beratschlagten. Chris richtete sich stöhnend auf. Sie konnte ihren rechten Arm nicht heben. Die kleinste Bewegung jagte einen höllischen Schmerz bis hinunter in ihre Fingerspitzen. „Mumpitz!“, schluchzte sie, als sie das bewegungslose Fellbündel keine zwei Meter von ihr entfernt liegen sah. Chris kroch mühsam zu ihrem Hund.

Die Männer ließen sie gewähren. Sie gestikulierten wild und redeten durcheinander.

Immerhin atmete Mumpitz. Chris bemerkte kaum, dass direkt neben ihm das Wildschwein lag. Die Augen der Bache waren glasig. Sie war tot.

„Oh Mumpitz“, heulte Chris. „Es ist alles meine Schuld.“

Der Mischling winselte leise. In dem fahlen Licht konnte Chris nicht genau erkennen, wie schwer er verletzt war. Vorsichtig tastete sie mit ihrer linken Hand über seinen Körper. An seiner Flanke und an der Brust stellte sie Fleischwunden fest. Mumpitz atmete flach. Er winselte leise.

„Er blutet. Sie müssen was tun!“, schrie sie die Männer an.

„Das sollte im Moment nicht deine Sorge sein“, zischte Gerns und gab ihr eine Ohrfeige.

„Das sollten sie lieber sein lassen!“, hörte Chris da eine sehr vertraute Männerstimme hinter sich.

„Papa!“, rief sie erleichtert.

Die Verbrecher fuhren herum und sahen sich von Polizisten mit gezogenen Pistolen umstellt.

„Hände hoch und Waffen fallen lassen!“, befahl einer der Uniformierten.

Eine Minute später klickten dreimal die Handschellen. Per Funkgerät riefen die Polizisten ihr Einsatzfahrzeug heran, und ein Krankenwagen war auch schon unterwegs. Als er auf der Lichtung eintraf, bestand Chris darauf, dass die Sanitäter zuerst den Hund versorgten.

„Aber wir sind keine Tierärzte“, stammelte der junge Mann.

„Sie werden doch wohl eine Erstversorgung auch am Tier machen können?“, herrschte ihn Lutz an, der ebenfalls mitgekommen war. Erschreckt gab der Mann nach und kniete sich neben Mumpitz.

„Was hast du dir nur dabei gedacht?“, fragte Chris’ Mutter ein ums andere Mal.

„Das würde ich auch gern wissen“, mischte sich Philipp ein. „Den Alpenvereinssheriff einfach ohne uns zur Strecke zu bringen!“, beschwerte er sich.

„Ihr wart nicht da, und ich hab ja einen Zettel geschrieben."

„Ja, dem Himmel sei Dank", bestätigte Chris' Vater.

„Und Onkel Lutz", ergänzte seine Frau. „Wenn der uns nicht den Überfall in der Hütte gebeichtet hätte, dann wären wir hier laut rufend durch den Wald geirrt, und wer weiß, was dann passiert wäre."

„Hätte, wäre, wenn", wehrte Lutz ab. „Ist doch alles gut gegangen."

„Bis auf die Verletzung von Mumpitz", widersprach Chris.

„Die ist halb so schlimm, eine Fleischwunde und ein Streifschuss", erklärte der Sanitäter schüchtern. „Wenn ich mir dann jetzt mal deine Schulter ansehen dürfte?" Dabei sah er ängstlich zu Onkel Lutz hinüber.

„Dürfen Sie, junger Mann. Manchmal muss man halt Prioritäten setzen."

Logbucheintrag vom 8. Juni, 10.31 Uhr

Liebes Logbuch!

Der Fall ist glücklich abgeschlossen. Die Ver-

brecherbande ist dingfest gemacht, und ich habe eine Woche Reitverbot, aber das war es mir wert – und mit meinem gebrochenen Schlüsselbein darf ich eh erst mal nicht reiten, sagt der Arzt.
Es war alles genau so, wie wir vermutet haben. Ludwig Gerns ist gar kein richtiger Jäger. Seine Papiere sind alle gefälscht. Und den Hund hat er sich nur zur Tarnung ausgeliehen. Dass er abgehauen ist und gewildert hat, war natürlich Pech für Gerns. Wenn herausgekommen wäre, dass das sein Hund war, hätte er spätestens dann seine nicht vorhandene Bescheinigung über die Jagdhundeprüfung und vor allem seine Jagdhaftpflichtversicherung vorlegen müssen.
Karolins und Philipps Eltern haben Mumpitz gestern Nacht noch in die Tierklinik gebracht. Da war ich leider nicht dabei, denn mich mussten sie unbedingt noch ins Krankenhaus stecken, und jetzt hab ich diesen blöden Verband und kann mich kaum rühren. Jedenfalls wurde Mumpitz genäht und trägt jetzt eine Halskrause, damit er sich die Fäden nicht gleich wieder rauszieht.
Gerns und seine Autoschieber kommen vor Gericht. Die Polizei hat schon ewig nach ihrem Versteck ge-

sucht und wenn wir Glück haben, kriegen wir sogar noch eine Belohnung.
Die drei haben schon seit Monaten gemeinsam Autos geklaut, im Wald umgespritzt und dann in den Osten gebracht und verkauft. Erst ein paar, dann immer mehr. Deswegen hat Gerns dann auch das alte Tarnzelt abgebaut und ein größeres errichtet. Als das Reitwegeprojekt ins Leben gerufen wurde, bekamen die Verbrecher Muffensausen. Unter normalen Umständen wäre ihnen an dieser entlegenen Stelle des Waldes niemand auf die Spur gekommen, aber so, mit den ganzen Reitern ... Da musste ein Jäger her, der ihnen alles vom Leib hielt. Oder sollte man besser sagen: von der Waldwerkstatt? Und so hat sich Gerns beim Sohn des Grafen eingeschleimt und den Job erschlichen.
Tja, und Onkel Lutz hat zugegeben, dass die Polizei wirklich „dein Freund und Helfer" ist. Manchmal in letzter Sekunde!
Und jetzt machen wir erst mal wirklich Ferien. Bis zum nächsten Fall!
Chris

Bibliografische Information Der Deutschen Bibliothek
Die Deutsche Bibliothek verzeichnet diese Publikation in der Deutschen Nationalbibliografie; detaillierte bibliografische Daten sind im Internet über http://dnb.ddb.de abrufbar.

Bisher sind in dieser Reihe erschienen:
Die Pferdebande und das Verbrechen auf der Rennbahn
Die Perdebande und das Rätsel um Amarillo
Die Pferdebande und das geheimnisvolle Pony
Die Pferdebande und die Entführung auf Gut Hohenhain
Die Pferdebande und die Jagd auf die Satteldiebe
Die Pferdebande und der Betrug auf Schloss Rosenberg
Die Pferdebande und das Geheimnis um Zirkus Lombardi
Die Pferdebande und das Versteck im Wald

Der Schneider Verlag im Internet:
http://www.schneiderbuch.de

04 05 / 8 7 6 5 4 3 2 1

Vertrieb durch Egmont vgs verlagsgesellschaft mbH, Köln
Titelbild und Illustrationen: Peter Klaucke
Druck/Bindung: Westermann Druck Zwickau GmbH, Zwickau
ISBN 3-505-12053-7

Gewinnspiel „Giftpflanzen“

Liebe Pferdefreundin,
lieber Pferdefreund,

ROBINIE

○○●○○○○

zu jedem Kapitelanfang findest du unterschiedliche giftige Pflanzen (z. B. Tollkirsche, Eibe, Robinie) abgebildet.
Finde heraus, um welche Giftpflanze es sich jeweils handelt und notiere sie!
Der Buchstabe, der dann über dem fett hervorgehobenen Punkt steht, ist Teil des Lösungswortes.
Jetzt musst du nur noch die jeweiligen Buchstaben in der Kapitelreihenfolge von 1–10 hintereinander setzen, und schon hast du das **Lösungswort**!

Kleiner Tipp: Wenn du die eine oder andere Giftpflanze noch nicht kennst, kannst du auf Seite 125 nachschauen – dort sind alle Giftpflanzen und ihre Bezeichnungen noch einmal abgebildet!

Schreibe das Lösungswort auf eine **Postkarte** und schicke sie mit dem **Kennwort** „Die Pferdebande und das Versteck im Wald“
an: Egmont Franz Schneider Verlag
Schleißheimer Str. 267
80809 München
Absender nicht vergessen!

Du kannst ein weiteres Buch aus der spannenden „Pferdebande“-Reihe gewinnen!

Benachrichtigt werden nur die Gewinner. Der Rechtsweg ist ausgeschlossen. Die Beteiligung ist nicht an den Kauf eines SchneiderBuchs gebunden.

Adonisröschen

Bilsenkraut

Eibe

Fingerhut

Herbstzeitlose

Robinie

Gefleckter
Schierling

Schöllkraut

Tollkirsche

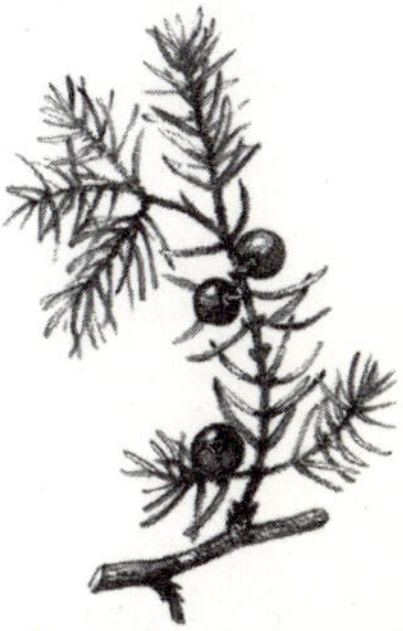
Wacholder

Pferdefachwissen

Durchparieren
So nennt man es, wenn man ein Pferd mit Paraden in eine niedrigere Gangart oder zum Halten bringt.

Flehmen
Pferde flehmen, wenn sie interessante Gerüche wahrnehmen. Diese Gerüche leiten sie nicht in die Nase, sondern in die Maulhöhle. Beim Flehmen stülpt das Pferd die Oberlippe hoch und verschließt damit die Nüstern. Es reckt den Kopf vor und saugt die Luft durch die fast geschlossenen Zähne an und drückt sie mit der Zunge gegen den Gaumen, wo sich das Jacobsonsche Organ, ein zusätzliches Organ für den Geruchssinn, befindet.

Fluchtinstinkt
Pferde können in der Natur Opfer von beutejagenden Tieren werden. Daher laufen sie bei Gefahr davon. Auch wenn es in der heutigen Umwelt keine „Pferdefresser" mehr gibt, ist der Instinkt erhalten geblieben. Pferde erschrecken sich z. B. vor lauten Geräuschen und plötzlichen Bewegungen. Wie fluchtbereit ein Pferd ist, hängt u. a. von seinem Wesen und seinen bisher gemachten Erfahrungen ab. Durch Training kann man ängstliche Pferde schrittweise an Furcht einflößende Situationen gewöhnen.

Giftpflanzen
Es gibt eine Reihe von Pflanzen, die für Pferde giftig sind. Zu den bekanntesten gehören Tollkirsche, Früh-